Too Close to Love, Too Far from You...

太近的愛情，太遙遠的你

01 *All about Love*

by Sophia

弟弟。

這是我十九歲夏天開端的一個序幕，或許會是個刺激的季節，在見到他之前我是這麼想的。

然而坐在餐桌和我面對面的那個人，所謂的弟弟，我突然有種遊戲太複雜的感覺。

阿杰。這個名字我默唸了好多次，當我聽爸說著「他是妳弟弟」這樣的話，我突然感覺，或許明天會發現只是我電視看太多。

只是現實這種東西，是不得不面對的。

01

雖然我早就知道他媽媽是未婚生子，但我想不會有任何一個人聽見同學這麼對你說之後，會聯想到「說不定你的爸爸跟我的爸爸是同一個人」這樣的方向去。

這是間氣氛很好的餐廳，美食雜誌給的評價也不低，長方形鋪上了素淨桌布的餐桌上，每個人輪流點好了餐，我點了份招牌的藍帶豬排，這裡的水蜜桃水味道正合我的口味。

輕輕啜飲著水蜜桃水，其實我是想請左前方那位女士將水瓶遞給我的，但是這張坐著五個人的桌上正如同人數一般不平衡，還是偶數會顯得比較好一些，至少可以兩兩相望，而不是現在這樣每個人的視線不斷地流轉，又遮遮掩掩地顯得可笑。

其實媽是不想來的，看得出來現在她還是一臉想離開的樣子，不過想想也對，是沒有多少女人可以平心靜氣的和丈夫的外遇以及丈夫的私生子吃完一頓飯的，所以媽的忍耐力也不是一般的強。

我還是忍下要請那位女士將水遞給我的聲音了。總覺得我在這頓飯扮演的角色尷尬又曖昧，好像根本不需要我，又好像不能沒有我存在，安靜得像是連一根針掉下去都是那樣清晰可聞，但是其他桌的客人並沒有因為我們凝滯的氣氛而安靜下來，空氣像是被切割一樣，在這塊長方形的區域裡，我們被沉重的空氣分子困在裡頭，除了剛剛點餐的聲音之外，誰都不開口，誰都在等哪個誰開口。

其實我到現在還是很訝異。坐在我對面那個沉默的男孩，或是男人，十九歲的年紀實在很難定義，我還是傾向於男孩的身分，嗯，我未來的弟弟，應該他從頭到尾就是我的弟弟，從出生那一刻就已經決定的事，只是我們遲了十九年才知道。

理論上對於我面前的女士和男孩我應該是陌生的，但是關於男孩我卻是異常熟悉，我的國中同學，雖然三年多沒連絡，但從前我們可是很要好的。雖然我早就知道他媽媽是未婚生子，但我想不會有任何一個人聽見同學這麼對你說之後，會聯想到「說不定你的爸爸跟我的爸爸是同一個人」這樣的方向去。

要不是現在的氣氛顯得太過僵硬，差一點我就要笑了出來，這一切的劇情巧合得讓人玩味，前些日子我才看了一部關於外遇關於私生子的韓劇，那時我一點也不同情劇中的主角，只覺得越悲慘越有看頭；我們家的狀況跟悲慘一點邊也沾不上，但我總有一種報應的那種感覺，人還是不能抱著太多看戲的心態。

我說的看戲當然不是指韓劇，而是鄰居張阿姨他們家兩女爭一男的情節。前幾天我才在和妹妹打賭誰會勝出，我總覺得張阿姨的勝率大一些，畢竟孩子也生了三個，而且劉奶奶也挺自己的正牌媳婦，賭注是一頓晚餐。

所以說人還是要多一些同情心才好。

我很快就鎮定了下來，他的臉上似乎還留下一絲不容易被察覺的不可置信，他本來就是個安靜的人，不說話倒也尋常，但是一向侃侃而談的爸爸在這種氣氛下也顯得侷促。

我肚子餓了。所以我試圖轉移我的注意力。我想起我和他只差了三個月多一些，也就是說媽在懷了我不久之後，爸就讓另一個女人受孕，生下了他一直很渴望的兒子。

除了爸之外，我應該是我們家最早知道也最完整知道這件事的人。

「寶寶……」

「怎麼了嗎？」我記得那時候我正在看重播不知道幾十次的日劇，暑假沒有打工就是只有無聊可以形容，但是下午三點鐘，爸今天未免回來得太早。

「我有點事要跟妳商量。」

「什麼事？」爸身上散發出一種很無助的感覺，事後想想也許他也受到了很大的驚嚇。

然後他跟我說，他以前的女同事突然來找他，然後……然後……他一直然後了很久，我把電視關掉，看爸這樣一副吞吐的樣子，沒想到這種連續劇情節也會發生在我家，一向很風平浪靜的家庭。

「然後她帶了個兒子還是女兒說是你的孩子？」

「嗯……」然後他就低頭不說話了。

當然他也只能跟我說，要是媽知道了一定二話不說跟爸拚命，沒有多少女人可以忍受一向溫順的丈夫平白冒出一個孩子來；妹妹年紀不算小，但是脾氣太衝，看來這件事還是得瞞她一陣。這樣想想我真是個理想的訴說人選，至少我不會對這種肥皂劇碼有太大的感受。

「年紀多大？」看來爸的思考能力降低了不少，「我是說那個什麼兒子女兒的。」

「十九歲，小妳一點，是男的。」

跟我同年？看來不是半路出軌。然後爸說是一次公司聚會的時候酒喝太多，事後大家也當沒事，沒想到隔了那麼久突然……

這種理由各大八點檔都出現過，只是爸說那個女人不要錢也不讓兒子改姓，純粹希望爸照顧他到成年，一年的時間，其實她本來是不想讓爸知道的，因為兩個人之間根本沒有什麼感情可言，但是她要結婚了，要到加拿大，兒子不願意跟她一起去，說是希望她有自己的人生，所以她也只能找爸幫忙了。

聽起來她的兒子是打算自力更生，但是她基於一個母親不放心的心態，打亂了一個家庭也在所不惜，很簡單的劇碼。「所以你是要我幫你告訴媽？」

爸低頭不說話。

「如果由我來說的話，媽會更生氣吧。」

「我現在也不知道怎麼告訴妳媽，妳媽的脾氣妳也知道。」

「今天晚上就告訴她吧。」我最討厭連續劇一演就一兩百集，韓劇也太長，還是日劇好，十多集就可以看完。我一向就是個沒什麼耐性的人。

「她不是要出國嗎？快點解決不是比較好？」

「但是……」我知道爸是愛媽的，所以才會這樣猶豫不決，基於這點，我想我應該幫他。

「今天你找機會跟媽說，我會在。」媽是不會在孩子面前跟爸吵架的。

水喝完了，餐又還沒上，現在我又餓又渴，但是如果現在我喊了聲「阿姨請幫我拿水瓶」說不定會變成全民公敵，想了想之後，我把我的視線完全擺在他的身上，阿杰，從今天開始成為我的弟弟的男孩，我想以我們的交情他會知道我的目的。

然後他很配合的伸手拿了水瓶還替我倒了水，餐桌上另外三個人都露出了訝異的表情，但還是沒有人開口，是不是社會歷練多了，做事就要變得小心翼翼，每一步都要思考利弊得失，最後才決定做或不做，就算只是這種「為什麼他會替我倒水的問題」都顯得異常不得碰觸，猶豫過後往往再也得不到答案。

大人，再過不久我也許也會成為那樣的大人。

「請問藍帶豬排是哪位？」

「這裡。」我的聲音似乎顯得太過輕快，但我想這裡並不會有任何一個人對我這樣的輕鬆語氣發表任何意見。

安靜，安靜，還是安靜，就是刀叉的聲音。我用腳踢了踢爸，飯都吃了一半，也該開個頭。阿杰點的餐看起來好好吃的樣子，但是如果我和他「分享」，會讓已經很糟糕的氣氛轉變成另一種很詭異而無法名狀的感覺。

「很抱歉造成你們的困擾。」

爸才正要開口，那位女士先打破了沉默，後來我叫她王阿姨。

「我本來不打算讓小杰知道這些的，但是因為我不放心他一個人待在台灣，我也不會讓他認祖歸宗什麼的，我只是想麻煩你們在他能獨立之前暫時照顧他。」

媽從頭到尾都沒有說過一句話，爸和我決定這件事不要告訴妹妹。然後阿杰以乾兒子的身分搬進我家，但是他還是很不配合的喊叔叔、阿姨。

「你還是喊我寶寶好，我爸媽都這樣喊我，喊姊姊太可怕了，跟以前一樣喊小米不好，我不想解釋一堆有的沒的。總之，我們就是今天，吃過飯之後才認識的。」

他一向順著我，我們之間的相處模式就是他讓著我，當然我知道我在某些時候顯得有些專斷，但是他不反對我把他吃得死死的，這個世界就是這樣。

爸還是很戰戰兢兢的面對媽，我推了推媽，要她跟爸說些什麼，「這件事就這樣算了，如果有第二次我就跟你離婚。」

暫時是解決了，因為爸的個性是不會在外面有女人的，嚴格說起來他還是個怕老婆的好男人。

「記得，千萬不要翻起這次的舊帳。」倒了杯水，媽明顯還是隱忍著她的怒氣。

那天爸告訴媽他突然冒出個兒子，媽的表情比連續劇還精采，但是她還來不及發作我就把爸趕出了房間，只剩下我跟媽兩個人。

「我跟爸爸有事要談，妳先回房間……」

「嚴格說起來，那根本就不算外遇。而且，」我倒了杯水給媽，「從此之後爸只會比往常更順著妳。其實妳也知道吧，爸那種人絕對不是搞外遇的料。」

「這件事妳就這樣順著他，往後就算吵得再兇也不能翻出這件事，我相信妳明白的。」

「但是……」

並不是維護爸，我只是站在一個中立的角度替媽分析最有利的狀況，更何況，暑假太無聊，多個弟弟似乎也是個不錯的消遣。我一直都想要個哥哥，現在來個弟弟也聊勝於無。

「為什麼爸會多出一個乾兒子？」

妹妹的這句話在已經夠詭異的客廳裡丟下一顆原子彈。阿杰在整理房間，爸把他的房間安排在我隔壁大概是希望我多照顧他，爸似乎完全沒考慮到兩個十九歲的青春期男女在只有兩個人的一層樓裡幾近獨處可能會發生什麼樣的事情來，嗯，我們是姊弟沒錯，但是我們之間的血緣意識薄弱得近乎為零。

「妳這個乾哥哥長得不錯，以後妳帶朋友回家也比較有面子。」

從頭到尾我就不在這事件的暴風圈之內，雖然我是在裡頭攪和的人。阿杰是真的長得不錯，斯斯文文帶點憂鬱的味道，可能是因為私生子這三個字困擾他很久。一般人大概會直呼他很帥，不過以我這樣膚淺的人如果他沒有那副皮相我也不會跟他那麼要好。至少三年多前是。

我跟他沒有繼續連絡的原因其實很簡單，我說過他是我國中同學，升上不同的高中就沒有消息了。因為我懶，一向都是別人主動連絡我，而阿杰又是那麼悶的一個人，所以我一點也不感到意外。

反正現在有的是時間跟他培養感情。

「姊，不是每個人都跟妳一樣。我是問他為什麼要住在我們家？」

媽已經忍不住走回房間，我想她大概還需要一陣子來調適心情，畢竟她跟爸努力了那麼久連個兒子的影都看不見，沒想到爸的一夜「失誤」就冒出了個兒子，那根本就是諷刺。

客廳只剩下爸還有我還有妹妹三個人，看樣子爸是找不到一個適切的理由的，「他媽媽要出國，把他放在我們家。」

我想妹妹八成是因為我們一起出去吃飯卻把她一個人丟在家裡感到不滿，特別是像我這樣一副吊兒郎當暑假也不事生產的米蟲姊姊也在飯局之中。

妹妹對我一向是又愛又恨，單純如她就算想隱瞞也藏不了多少心事。

我的身體從小就差，臉色白得像鬼一樣，我知道我稱得上漂亮，但是那副蒼白的樣子就大大扣了分，引來的大概就是那些同情心氾濫想好好照顧我的人；也許是為了彌補我的虛弱，我的腦袋大概是爸媽加起來也料想不到的好，功課是一回事，大概就我這副不要小聰明就好像對不起大家的性子，讓我妹恨得牙癢癢的吧。

人生何必過得那麼嚴謹，醫生說過我只要好好調養就可以活得久一點，誰不是好好調養就可以活得久一點，有時候太過婉轉只是給人泡沫般的希望，乾脆直接一點還比較舒坦。其實我也沒什麼遺傳疾病罕見疾病的，就只是身體不好，太過不好了一點。

「他有打工，所以就晚上會在家而已，大概吃過飯才回來，所以只是回來睡個覺吧。」

我很好心的送給妹妹一些情報，我想阿杰大概也不想待在這裡，所以他硬是找了兩份工作。我記得他媽媽還滿有錢的，很成功的新女性，他在這個家的位置曖昧得很尷尬，光是爸還有媽就足以讓他面對了，何況還有我這個不興風作浪不快活的「姊姊」。

妹妹是接受了我的說法，她一向是信服我的，縱使我這個姊姊總是不像姊姊。

「寶寶……」

「嗯？」

「這樣……這樣真的妥當嗎？」

「也就只能這樣了不是嗎？」

「妳早點睡，電視不要看太晚。」

爸也走回了房間，他跟媽之間的問題還是要他們自己去解決。遙控器轉啊轉的，十一點，早就該睡的時間，但是因為我想看的韓劇和日劇在同一個時段，所以我只好等到深夜看重播。

「妳怎麼還沒睡？」阿杰的聲音打斷我看日劇的心情，我慢慢的將視線轉向他在的位置。

「看重播。」然後我又轉回男女主角身上。「找什麼嗎？」

「水。重播明天早上還是會有，妳早點去睡。」

跟他說水在冰箱有，要熱水在廚房最右邊，我想起阿杰也是怕我早死的人之一，雖然我很沒良心的老愛咳嗽嚇他。

「我就是要今天看。」

「小米……」

「我說過，」我把每個字說得異常清晰，「從今天起你要叫我寶寶。」

我的任性只會在少數的人面前出現，爸媽那樣小心翼翼我也任性不起來，亞美太崇拜我，對妹妹是欺負不是任性，所以到最後好像只有阿杰受害。三年前解脫了之後大概也沒想到三年後還是要面對我。

很多事情都不是在我們預料之內進行的。

日子沒什麼兩樣，在阿杰來之前和之後。也許是因為阿杰並不常出現在家裡，又也許是每個人都努力的把這件事當作沒事一樣，粉飾太平本來就是人與生俱來的能力。

前幾天我贏了一份晚餐，就是之前張阿姨的那個賭。

其實這根本不算賭注，打從一開始我就知道我會贏。劉叔叔看樣子是愛外面那個女人多一點，但是劉奶奶、張阿姨還有那三個孩子，一份愛情和五份親情的重量不用看結果也知道往哪邊傾。什麼愛情可以勝過麵包這種浪漫主義在中年男子身上早已經被功利主義和現實狠狠摧毀，也許劉叔叔會在哪個夜裡自我安慰的告訴自己，愛情總有一天會變成親情，然後他就可以開開心心的「改過自新」，洗心革面的當個好兒子好丈夫好爸爸。

「喂？」

手機響的次數是暑假前的五、六倍，尤其是媽在吃飯時間一定緊張兮兮的重複著同樣的話。

寶寶妳記得吃午餐，要記得吃藥……冰箱裡有菜微波就可以吃了，不要喝冰水對身體不好……多吃點水果，水果要吃之前先放一下不然太冷，還有那個桌上有二阿姨送的點心，記得一定要吃藥，飯要吃……

妹妹白天也在打工，所以屋子裡總是只剩下我一個人，沒有人盯著我吃藥盯著我吃飯，我時常是隨性吃個蛋糕餅乾之類的，藥也隨性挑個幾顆來吃。我討厭醫院討厭打針討厭吃藥，我想沒有人會喜歡這些，而且我的主治醫生沒有多好看，所以讓我更不想到醫院複診，大概我身體一直擺爛自己要負大部分的責任。

「小米嗎？我是亞美。明天下午要不要一起出來玩水？」

我抓了包餅乾充當我的午餐，媽一直要我不要吃這些垃圾食物，但是我買她也順著我。其實我也知道因為我的身體讓爸媽也不知道怎麼對我才好，我記得小時候有一次我吵著要汽水喝，但是我氣管不好不能喝汽水，媽很堅持的不讓我喝，我就這樣用力的大哭，結果哭得太賣力昏了過去，雖然之後因為喝汽水會讓我很不舒服也就不再碰，但是自此媽再也不敢對我大小聲。

很不孝我也知道，所以我想咳嗽感覺快撐不住時就是往房間藏，媽大概以為我的身體好很多，至少沒有三不五時的發燒感冒，因為那些三不五時都在我的棉被中壓過去了。

「我不要曬太陽。」

我不只討厭所有跟醫院有關的事物，就連醫科我也一點興趣都沒有，但是跟太陽比起來，我寧願躲在醫院裡。並不是怕曬黑，我白得像鬼的膚色黑一點說不定會好一點，純粹只是因為我討厭太陽，討厭到一種極致之後就演變成為害怕，我甚至連陰天都要撐傘，也就讓我的膚色更雪上加霜。

「暑假哪有地方是沒有太陽的，出來嘛，大不了妳躲在水裡面，而且我們挑下午三、四點太陽很小的。」

「好吧。」

「阿伸會去載妳，出發之前再打電話給妳。」

亞美跟阿伸是高中同學。一個大團體中某部分氣味相近的人聚結成小團體是天性，雖然我從來就不興這一套，因為那浪費太多精力，而且高中生那種幼稚又想裝大人的心態總是會讓交往變得複雜，那群人原本有十多個，我是因為亞美的關係勉強被歸類在裡頭，然後不出所料的一年不到就只剩下半數。

亞美其實是我的國小同學國中同學高中又當了同學，會要好不是因為認識久，我跟某甲（我只記得她姓游其餘的我根本就沒什麼印象）相處得比亞美還要久，但還是落到只模糊記得長相的程度；身體差對我來說有一個優點，因為我懶得說話，所以當別人來跟我訴苦我一向是個完美的聆聽者，當然他們並不會知道根本的原因，只會很莫名的相信我，亞美就是錯誤信仰的一分子。

那剩下的半數既然跟亞美是屬於氣味相投的一群，那麼他們都一起崇拜錯誤也就不那麼讓人費解。所以縱使我根本就懶得應付那些社交活動，最後不是因為身體差這個偉大的理由，就是被冠上中立者神聖的光圈；然而我不得不承認，有一群後盾是件不壞的事情，至少無聊的時候有人可以陪我打發時間。

後來亞美很遺憾的沒有繼續當大學同學，反倒是阿伸跟我考上同一所大學。雖然科系不同但有空就會出來吃個飯，通常是課餘時間，我不會有那種假日還出門的勤奮，又因為阿伸的關係導致了另一群人的錯誤，所以我想我這個人跟孤僻始終保持距離還是要感謝他們。

「我有吃，藥等一下會吃。」

媽總是在十二點五分到十二點十分這五分鐘之間打電話給我，她說著一樣的話，我也是一貫的回答。嚴格說起來我並沒有欺騙媽，我有吃，藥等一下會吃，這兩句話都是事實，雖然我相信媽知道更真實的狀況之後說不定會氣到對我發脾氣（我說過她從我昏倒過後就不曾對我大聲說話），總之她不會知道這些。

真實往往是殘忍的，縱使表象是讓人安心的平和。

「今天晚上我跟妳爸有聚餐會晚一點回家，佳佳說要住同學家，妳一個人在家記得吃晚餐，記得……」

又看了一次日劇的重播，劇情是甲喜歡乙，但乙喜歡同性的丙，然後甲又變節喜歡上丙，然後主角當然是甲，主軸就是甲對於舊愛新歡加上跟舊愛喜歡上同一個新歡的自我矛盾，結局不用想也知道最後甲跟丙在一起，主角永遠都有悲劇的豁免權，即使中途再慘最後還是會有王子公主的幸福結局。

編劇真是偉大。除了偶像當作賣點之外，那種悲慘來悲慘去的情節正好符合人性希望別人比自己慘的卑劣，結局又讓觀眾得到「那麼慘的人都可以那麼幸福了，所以我也可以」的美好幻想，但是絕大多數人的認知都停留在「美好」，而沒有意識到「幻想」。

有時候我都會懷疑，為什麼人就是願意相信這些明明就是不可能的美夢。媽每次到廟裡拜拜第一件事就是希望我健康一點，然後是一些像是希望爸工作順利妹妹用功讀書之類的祈求，但是這些並不是求了就有用，至少我的身體並沒有因為那些虔誠而轉好，以我那樣對待自己我想也是不大可能。

所以從現在，中午十二點十三分，到今天晚上只有我一個人在家。

暑假才開始了七天還是八天，我就已經無聊到可以盯著風扇發呆一個下午。我告訴媽我想去打工，但是理所當然的被委婉反駁，也理所當然的是因為身體不好這種永遠無敵的理由。我看書，我看電視，我聽音樂，我睡覺，我甚至無聊到上網跟狐群狗黨聊天打屁，但那種巨大的浮動感卻絲毫沒有安定下來的跡象。

亞美那天跟我說她想存錢去日本。七月打工八月出發，很完美的計畫。然後她接著又說了一堆，但是這次我連聽都懶得聽，但是基於我這樣一個優良聆聽者的形象亞美還是很滿足的跟我分享她的計畫；其實我也覺得亞美是我的好朋友，**但也許我本來對人的感情就薄弱了一點，所以在某些方面來說連我自己都覺得敷衍得可惡。**

開門的聲音。之後是阿杰走進來。從他搬進來這是我第一次在白天看見他。

「回來拿點東西。」

然後他上樓。然後他下樓。然後他走向玄關。

「陪我。」

阿杰定在原地跟我對望了一陣子，「我下午還要打工。」

然後我把視線轉回電視上，中午根本就沒有什麼節目可以看。我知道這樣阿杰就會留下來陪我，只要我什麼話都不說，只要我繼續這樣轉著遙控器。

之後我聽到他打電話跟老闆請假，然後安靜的坐在我旁邊。

自私任性不顧他人死活，我就是這樣一個任性妄為的人，就因為我無聊，因為我不想一個人看著重播幾百次的電視一直到上床睡覺。阿杰會順著我，幾乎誰都會順著我，身體虛弱就是永遠不敗的金牌，連裝可憐都不需要。

小時候除了妹妹沒有人會陪我玩。「媽媽說不可以跟妳玩，因為妳生病會暈倒，媽媽說不可以跟妳玩，因為妳媽媽說妳不可以玩捉迷藏，媽媽說不可以跟妳玩，因為媽媽這樣說，媽媽說不可以跟妳玩，因為……」我的活動只能在室內，連帶的拖累了妹妹，雖然她常常跟鄰居玩捉迷藏的時候我都在旁邊看。我那時也不會知道同樣一件事在長大之後會變成無往不利的金牌。

我跟阿杰坐得很近，中間大概隔了一個抱枕的距離，那樣的空白又讓我們變得很遙遠。仔細想一想我們也三年多沒有見面，我憑藉著什麼可以篤定他還會順著我，不是因為「姊姊」，我到現在都還不覺得他是弟弟，所以最後還是歸結到了同樣的原因。人得到一個看起來有道理的理由之後就會全然的信服，這樣生活會簡單一點。

「我肚子餓。」

「想吃什麼我去買。」

「我不餓了。」

「小……寶寶……」

我突然希望他不要改口喊我寶寶。

然後我調了調位置順勢躺到他的腿上，我一向就睡不安穩，所以爸才會讓我單獨住一層樓，連走路的聲音都可以讓我醒過來。這幾天晚上我總是會在他打開房門時醒來，固定在十二點左右，其實那時候我也還不算睡著，我通常需要很長的一段時間才能進入睡眠。

「佳佳欠我一頓晚餐。」他太安靜，所以時常是我一個人說話，「隔壁有個張阿姨，她老公外遇然後我跟佳佳賭她老公會不會回來。佳佳很笨，可是也還好，她年紀還小，你不知道佳佳的年紀吧，她今年十七歲，要升高三了……我還沒說完，她還相信劉叔叔會為了愛情拋棄一切，劉叔叔是張阿姨的老公，這樣不划算，怎麼算都不划算。」

雖然剛剛在想三年前的阿杰跟三年後的阿杰應該不一樣了，但是我還是決定依藉著我的印象和我們慣常的相處模式，我常常這樣對著他說話就睡著了，我通常是閉著眼睛，然後他的手會放在我的手臂上，因為我是側躺的，醒過來還是這個姿勢，他會幫我蓋上外套，他的腳老是被我睡到麻掉也不說。

「那天亞美跟我說她要存錢去日本，她說七月要打工然後八月就可以出發，北海道還是京都我也忘了，好像差得有點遠，大概是北海道吧，薰衣草比什麼廟漂亮多了，薰衣草是這個季節嗎……夏天開的花我只記得向日葵，之前我種的那一棵沒幾個月就死了，連花都沒開過，我只是常常忘記澆水嘛，所以還是仙人掌好，丟著也可以長，新聞說還可以防輻射……

「剛剛亞美說明天下午要去玩水，我不想去但是因為暑假太無聊所以我還是答應了，她說阿伸會來接我，阿伸是高中同學，高高的，但是皮膚黑不好，我不喜歡皮膚太黑的人，還是像你一樣比較剛好，可是小咪那樣又太白，你應該還記得小咪吧，就是那個很喜歡亞美的瘦瘦的男孩子，那天在路上好像看到長得很像他的人，說不定就是他，但是我沒有打招呼，我不跟人打招呼的，悅悅說這樣不好，悅悅你認識嗎？我一時也想不起來她是國中同學還是高中同學……

「我好睏，我要睡了，大概等一下就醒了，爸媽說晚上會晚一點回來，佳佳不會回來，腳麻的話你就調一下位置，不要把我丟下就好，我應該不會醒，不然抱著我睡也是可以，夏天很熱你可以先開冷氣，可是不要把我丟下……其實爸媽人很好，只是不知道怎麼處理……佳佳還不知道，不打算讓她知道，太麻煩了，這件事好麻煩，可是這樣就有人可以陪我睡午覺……我好睏……不要叫我起床，被你吵得我好多天都睡不好，也不是，我知道爸有偷偷下來，應該是爸，媽應該不會下來才對，媽不是不喜歡你……媽也不是不喜歡我……我要睡了，你跟我一起睡著也沒關係，爸媽不會那麼早回來……」

醒過來的時候我還是側躺，阿杰的手還是擱在我的手臂上，然後我想三年後的阿杰應該還是沒變。阿杰眼睛閉著，不知睡著了還是沒有，不過我想他的腳麻了，三點半了，我睡好久。午覺我都睡不著，晚上也睡不著，所以我都躺在床上，有一半的時間都是清醒的，想很多事，想很多只是心情很不好，他們不懂，他們都不等我說完，所以我懶得說話，反正說到一半他們就會幫我接下去。

我還沒完全醒，意識模糊的時候我的思緒就會很不完整，但是跟阿杰在一起的時候我就不喜歡思考，那樣說話比較輕鬆，跟其他人說話都要組織完全才能說出口，阿杰會等我說完，全部說完。

我應該要爬起來不然阿杰等一下會動不了，所以我慢慢起身，背好痠，果然沙發有點小，擠了兩個瘦子還是顯得擁擠，夏天很熱，我一向不流汗但他額頭都濕了，我幫阿杰擦汗他流好多汗，我不摸他的腳，會痛我想，腳麻掉我都會很生氣，因為我怕痛，打針的時候我都會很生氣，但是媽都在簾子外面，所以我咬嘴唇，我對布偶生氣，媽說我脾氣很好，不好，布偶知道我脾氣不好，阿杰汗流好多，開冷氣他會感冒，所以我幫他擦汗。

我知道我還沒完全清醒，我的思考斷斷續續的，我通常生病的時候是不說話的，就像剛睡醒的時候，因為我說話他們聽不懂，因為他們不等我說完，所以醫生跟媽說我的情緒很不穩定，只要生病就會情緒不穩定。

洗臉會醒過來，所以我去洗臉。

冰水，我通常用溫水，夏天很熱也要用溫水。我在鏡子裡看見濕漉漉的臉，有一部分的頭髮也給弄濕了，我醒了，其實走來浴室的途中我就醒了，我盯著那張看了十九年的臉，蒼白得像鬼一樣。曾經替自己上妝看起來有精神一些，但都是些假象，卸了妝之後被戳破的泡泡幻滅快速，女人們用一層厚厚的粉掩飾日曆紙被撕去的厚度，我用顏色來掩蓋我的空洞，結果是一樣的，粉碎之後只是明白自己所想要的跟現實究竟差得有多遠。

回到客廳阿杰眼睛還是閉著的，我想他是真的睡著了。我又幫他擦了擦汗，靠在他身邊，我想他用的不是跟我一樣的沐浴乳，安靜的時候我就會開始思考，所以我總是會開著電視或是收音機，有時候也不是真的在看電視，思考讓人苦痛，有時候看書也會讓我覺得難受，但是我不想吵醒阿杰，我壓抑不了我的思緒。

我好像從頭到尾都沒考慮過阿杰的感受，最受折磨的不是爸不是媽，是他才對。像個闖入者，踏入一個陌生又不被歡迎的空間，其實我也不喜歡阿杰以這種方式進入這個家，太突兀也太尷尬，**我覺得我應該為他做些什麼，一直以來都是他為我付出，但是我沒有幫助別人的習慣**，阿杰或許會不喜歡我自以為的幫助，人常常會自以為是的付出又強迫別人要高興要有回報。

我很仔細的看著阿杰，他長得真的很好看，皮膚很好，一顆青春痘也沒有，鼻子不很挺，東方人不適合太挺的鼻子，粉紅色的唇，人家說薄唇無情，也許是因為阿杰抿緊的關係，他的眉心微微皺起，我用右手中指腹小小力的揉著，他的眼睫毛稍稍的搧了下。

「吵醒你了？」

「沒有。」

我整個人賴進他的懷裡，他是弟弟沒有關係。

阿杰並沒有抱著我，他的手很不自然地放在兩邊，本來是想跟他說抱著比較舒服，但是想想又不大對，弟弟這樣抱著姊姊感覺有些詭異，如果媽看見說不定會說不出話來，爸的反應可能更大，平時溫和的人往往都有壓抑自己的傾向，爸總是太過溫和。

想想那個畫面我突然笑了出來，一般人應該不會有我這樣的念頭，妹妹常說我性格惡劣，我倒覺得卑劣這個詞比較適合我。當然爸媽不會看到這個畫面，有機會的話可能讓他們看看我跟阿杰手足情深的樣子就好，他們看到這些就好，這樣說不定媽會釋懷一點，**媽對每個對我好的人都會異常寬**

容。

「我沒有想過到餐廳見的人會是你。抱我。」反正沒有人。

「到餐廳之前我想了一大堆『遊戲』要陪我未來的弟弟玩，本來還想說勾引他搞個天翻地覆之類的，開玩笑的，太浪費力氣了，只是看到你我之前的計畫都作廢了。說不定我還可以當個可惡的姊姊欺負他，可是我不會欺負你，還是說我一直在欺負你……

「亞美都說你對我太好，但是我知道你跟亞美不熟，我也不希望你跟她太好，很麻煩，我討厭麻煩的事，我沒跟亞美說，她會一直追問，改天被她發現再說吧，應該不會那麼快……我有跟你說我明天要跟亞美去玩水的事嗎？中午好像說過，可是我又不想去了，本來就沒有很想去，如果你明天回來陪我睡午覺的話我就不去了，可是你要打工，一直請假會被開除，可是我討厭太陽，這幾天太陽好大，我也不是很喜歡最近的阿伸，皮膚越變越黑我不喜歡……

「換你說話，我渴了。」

「我去倒水。」

阿杰倒了溫水，我突然想起中午的藥還沒吃，但是現在已經快五點了，**我很輕易的就放棄吃藥這件事。**阿杰說他現在早上到下午在一間便利商店打工，在火車站附近，下午到晚上到另外一家便利商店，在以前住的地方附近，我想生意應該會不錯，長得好看的人業績好一點是應該的。

「所以你晚上還要去打工嗎？」

「待會我會請假。」

有時候我會覺得為了達到自己的目的犧牲掉別人沒有什麼，整個社會營造的就是這樣的氛圍。聽說某個遠房親戚就是為了升遷而出賣了十多年的好朋友，為了每個月多那幾張鈔票，為了副總經理的頭銜，天平的兩邊總會有一端比較重，平衡只是偶然的瞬間，每個人都在背後唾棄，誰知道不久之後誰又會做出同樣的選擇。

這樣任性要阿杰請假雖然他沒說什麼，但是居然有種想討好他的念頭。所以我決定晚上乖乖吃藥，把整包藥一起吃掉，**他們最高興的就是我乖乖吃飯乖乖吃藥乖乖看醫生，阿杰不說可是他也希望我這樣，印象中他有說過希望我笑這種話，但是我記不清楚了，因為沒有人這樣對我說。**

阿杰的電話響了，顯示的是晴美絕對是女生，反正我很任性所以我就幫他接起來了。

「喂？」

「請問這是王彥杰的電話嗎？」

「嗯。」

「請問他在嗎？」

這個女生的聲音嬌滴滴剛好是我不喜歡的類型，我看了阿杰一眼，既然我決定今天要霸佔他就做得徹底一點，「他在忙。」

「那……可以請他有空的時候回撥嗎？」

「妳有事我可以幫妳轉達。」

連續劇好像都是這樣演的，最後一定會有一方沉不住氣，但是我知道不會是我，媽都說了我的脾氣很好，而且電話是對方打來的，多聊一點阿杰也不用付電話費。

「請問妳是阿杰的……？」

阿杰沒有姊姊，除了我們沒有人知道他有姊姊，他媽媽的聲音不會那麼年輕，所以她想問的大家心照不宣，「阿杰很忙今天不會回撥電話，所以妳有事我建議妳讓我轉達。」

「因為阿杰沒有請過假，所以我是想說他是不是生病了……」

「他很好。」我不想跟她講電話了，跟媽講電話也不會說那麼多句話。

「那……沒有什麼事，謝謝妳。」

然後電話掛了。

「你生氣了嗎？」

「沒有。」

爸媽不會對我生氣，妹妹生氣也不敢對我發脾氣，其他人不會對我生氣，我連話都懶得說了，阿杰生氣也不會說，但是他會皺眉，所以我看著他的眉心，沒有摺痕，有時候我會希望有人可以狠狠的罵我一頓，毫無顧忌的痛罵我，不然我的任性妄為只會更加肆無忌憚。

他們都說我是個脾氣好又溫柔的女孩子，又是僵化的錯誤信仰，不在乎怎麼會有氣不氣的問題，溫柔我想只是因為我說話一向不大聲，但是這對我沒有任何損害，而且解釋比捏造一件事麻煩上幾十倍。

我的任性只會在少數的人面前出現，爸媽那樣小心翼翼我也任性不起來，亞美太崇拜我，對妹妹是欺負不是任性，所以到最後好像只有阿杰受害。**三年前解脫了之後大概也沒想到三年後還是要面對我。**

很多事情都不是在我們預料之內進行的。

03

我用盡全身力氣拉住他的衣服，整個人埋在他的懷裡，沒有，我連午餐都吃不下，然後我開始哭，一直哭，為什麼我會在這裡哭，這裡不是房間這裡有其他人。

太陽很大。

我撐著傘坐在樹蔭下，亞美他們一群人很陽光的在打著水仗，這種遊戲絕對不會有我的份，從小到大都是。亞美說太陽不會很大我才來的，這樣的熱度足以讓我完全喪失行為能力，我看見阿伸朝我走過來，他總是在笑，我常說他以後皺紋一定比別人多十倍。

「很無聊嗎？」

我搖了搖頭，其實也不會比一個人在家無聊。我沒有跟媽說我要出來玩水，她會皺眉的，夏天很容易感冒，有時候不是棉被可以壓下來的；除了亞美阿伸之外總共來了五個人，小咪也來了，很不平衡的七個人，但是像我這樣一直坐在樹下就不會有這種困擾了。

「本來以為妳不會來的，但是暑假在家也很無聊。」

「嗯。」

「我在書店打工，無聊的話妳可以來看看書，我可以去接妳。我們店裡有椅子，如果睏了可以到櫃檯睡，反正我的時段老闆都不會在。」

「嗯，有機會的話。」

有時候我會覺得阿伸話很多，但是這樣我可以省下很多力氣。常常他都會說很多話，幾乎他的身家都拿出來講了，除了爸爸媽媽他還有一個姊姊一個弟弟一隻狗，他現在好像是一個人住外面，住哪裡我忘了，前陣子他弟弟出了車禍也告訴我，但是我對他家那隻拉不拉多比較有興趣。

因為氣管不好所以不能養寵物，有毛的都不行。曾經我養了兩隻金魚，每天我就是很準時的餵飼料，但是兩個星期多其中一隻死了，爸說是撐死的，另一隻也在一個星期之後死掉，當然不是殉情這種偉大情節，殉情這種事顯得過於不實際。是被烏龜咬死的，妹妹從夜市帶回來的烏龜。

我謀殺了那隻烏龜。我放很多飼料，但是牠不死，我不換水，爸爸在假日會洗水族箱，我不放飼料，妹妹三不五時會帶同學回家餵烏龜，我把牠丟在地上，爸爸會把牠找出來，然後我倒了半杯清潔劑，晚餐的時候妹妹就發現牠死了，沒有人怪我，就算妹妹生氣難過也沒有怪我，他們都替我解釋，說我只是想洗水族箱。

這樣的報復一點也沒有快感。「烏龜是我殺死的。」我這麼說之後媽媽還安慰我不要自責，我說烏龜是我殺死的不是我害死的，但是他們不會注意之間的差別，然後再也沒有人提起這件事。

「飲料都沒了耶，只剩下一瓶水。」

麗子翻了翻塑膠袋，像是發現什麼慘劇一樣，如果我記得沒錯那瓶水並沒有冰，因為是阿伸替我另外買的。麗子個子小小的，眼睛很大，很活潑，他們這群人都很活潑，但是有時候會誇張了點，她喜歡引起別人的注意，尤其是阿伸的注意。

亞美曾經偷偷的告訴我，說麗子喜歡阿伸。對這種事我一向是很遲鈍的，我喔了一聲，亞美很不滿意地繼續她的秘密，麗子不承認但是她看得出來，愷翔也這麼覺得，所以大家都很曖昧地對著麗子笑，當然沒有人告訴阿伸，這樣阿伸就可以當作不知道，這樣比較不麻煩，就像是亞美也一直不知道小咪喜歡她，所以他們兩個感情還是很好。

「我去買吧。」

「我跟你一起去。」

「沒關係我一個人去就好。」

然後麗子就被亞美他們喊回了水邊，阿伸找到他的機車鑰匙，「我去買飲料，妳要些什麼嗎？」

「我跟你去。」

我看見阿伸有點訝異的臉，但是他伸手拉我站了起來還幫我拿了傘。我花了一些時間讓頭暈過去，會有很短的時間看不見，醫生說這是正常的，很多女生都會這樣，**媽只要聽到很多人都一樣的這種話就會很開心，只要我跟其他人一樣媽就會很開心。**

「到火車站附近那間便利商店。」

「嗯?這附近有一間。」

「我想到那間買。」

阿伸嗯了一聲就發動機車，安全帽有點太大，我一手扶著後面一手拉著阿伸的衣服，剛剛他才套上的。阿伸頭髮上的水有一些被風吹到了我的臉上，從臉頰滑過，他好像在說些什麼但是我聽不見，紅燈他才剛減速就變成綠燈，暑假警察多出一大堆，前幾天我還被當成未成年攔了下來，但是那時候是下午而且我什麼事都沒做。

「歡迎光臨。」

超商裡有三個店員，這個聲音我想起她是昨天的嬌滴滴。阿伸去搬飲料我走到零食櫃，我抓了一包洋芋片，我知道是阿杰走到我旁邊，我抬頭的時候看見他在皺眉，「又不是我要吃的。」

「小米妳說什麼?」阿伸回頭。

我搖頭咬了咬嘴唇。把洋芋片丟回櫃子上，抓了五、六包我從來不吃的餅乾，我突然很生氣，我也不知道我為什麼會生氣，現在我又沒生病。我把餅乾丟給阿杰，一包一包的丟給他，超商裡只有店員還有我還有阿伸，每個人都在看我抓餅乾，阿伸沒有看過我生氣，國小三年級之後我就不在別人面前生氣，我只會對阿杰發脾氣，阿杰不會惹我生氣我也不知道為什麼我要對他發脾氣。

「小米？」

大概只有阿杰知道我生氣了。他把餅乾拿到櫃檯，嬌滴滴一邊刷條碼一邊問他我們是不是認識之類的話，阿伸幫我拿了包我平常在吃的洋芋片，然後我跟他走到了櫃檯前，在嬌滴滴之前我把那包洋芋片丟給了阿杰，阿杰把它放回櫃子，阿杰還是不說話。

「小米妳怎麼了？是不是身體不舒服？」阿伸看著我。

我還是搖頭，然後我扯了個笑給他。

氣氛有些詭異，阿伸和嬌滴滴想問又什麼都不敢問，阿杰本來就不說話，我一向就懶得說話，兩百七十三，嬌滴滴的聲音聽起來就像在趕我們走，我的頭有點暈，醫生說我不可以太激動，印象中已經很久沒有這種感覺了，最後一次似乎已經三年多一些，但是我記不得，太浪費力氣，可是我沒有激動，我只是莫名的感到生氣，就連對誰生氣我自己也弄不清楚。

在踏出自動門之前我開始乾嘔，阿伸扶住我但是我不自覺的側開了身體，大概是因為這時候的表情太醜，我一向就是外貌為主膚淺的人。阿杰在我蹲下去之前抱住我，「妳中午有沒有吃藥？」我用盡全身力氣拉住他的衣服，整個人埋在他的懷裡，沒有，我連午餐都吃不下，然後我開始哭，一直哭，為什麼我會在這裡哭，這裡不是房間這裡有其他人。

「小米……小米妳還好嗎……」

阿伸大概緊張死了，我身體不好每個人都知道，但是沒有人看過我哭。阿杰他不認識，所以現在我被一個陌生人抱著，「要不要去看醫生……小米妳不要哭……」

我幾乎沒有出力是阿杰撐住我，他用手摸了我的額頭「她發燒了」這樣跟阿伸說，阿杰把我抱起來放在椅子上，還是緊緊抓住他，我很努力的讓自己的呼吸平靜下來，但是我聽到嬌滴滴的聲音就很討厭，阿杰她沒事吧……要不要打電話叫救護車……

阿伸打電話告訴愷翔我們會晚一點回去，輕描淡寫的說我有點頭暈，暑假下午很奇怪的沒有其他客人，我終於平靜下來。阿杰沒說話，幫我擦掉眼淚，但是我不放手。所以我想今天我會生氣是因為發燒的關係，只要生病我的情緒就會不穩定，醫生這樣跟媽說過。

「小米妳還好吧……要不要先回家休息？」

我對阿伸搖了搖頭，好煩，他們都好煩，每個人都問一樣的問題，每個人都覺得自己在對我好。

「我打電話給阿姨。」

「不要。」

「我帶妳去看醫生。」

「不要。」

「我送妳回家休息。」

「不要。」

「寶寶！」

「我要回去。」阿杰知道我說的回去是回去剛剛的地方。

阿杰皺起了眉頭，他的嘴巴張開又闔起來，我幾乎以為他要開口罵我了。其實我時常都想激怒他，但是他總是會忍下來之後不跟我說話，他生氣的時候就是不跟我說話。差一點他就要罵我了，阿杰曾經說過不要我拿身體開玩笑，有時候我都討厭自己，乖乖吃藥的時候也沒有起色，所以我總會有幾顆不吃，那麼沒有好轉是因為我不吃藥的關係，臉色不好是因為亂吃零食不是因為好不了。

然後我拉了拉阿伸的衣服，「走吧，他們等著喝飲料。」

「但是……」

阿伸可能被嚇到了，我想他很難接受為什麼我跟阿杰可以那麼冷靜。這也沒什麼好訝異的，人總會認為自己沒見過的事情是難以置信的，就像是亞美曾經看見我摔布偶，她就覺得我是不小心把布偶弄到地上，她不覺得我在生氣，因為她沒看過，她一直堅持小米就是不會亂生氣的好女孩。

「我沒事。」

然後我跟阿伸走出便利商店。

阿杰一向順著我，所以他不攔我，他不會攔我。

一樣的安全帽一樣有點大，阿伸騎得比來的時候慢，也許是怕風太大。他的頭髮已經乾了，白色棉T飄啊飄的，阿杰常穿深色衣服，這樣讓他看起來更瘦所以我曾經買了件白色T恤給他；以前阿杰也會載我，那時候未滿十八總是鑽小路，有次被學校老師遇到阿杰被訓了半小時，最後老師送我回家說下次不要太順著同學。

在學校我跟阿杰是不大說話的，下課之後我們會一起唸書，我通常看著阿杰唸書。我們到阿杰家，但是從來沒遇過王阿姨，因為王阿姨總是工作得很晚，比我的睡覺時間還要晚。沒有人會把我跟阿杰聯想在一起，很多人少女式的崇拜阿杰，給他的情書都是我拆開的，還有幾封是我幫同學擬的大綱。

我跟阿杰像是兩條平行線，唯一虛線般的接點是同班同學，眼見為憑，老師都是這樣教的。很多同學會在我身邊冒著幻想的泡泡，主角都是阿杰，她們會拉著我到球場看阿杰打球，我都跟阿杰說如果他喜歡男生應該會很有趣，戳破泡泡是面對現實最快的方式。

「如果很不舒服要說喔。」

「嗯。」我把安全帽遞給阿伸，「對不起。身體不舒服的時候我的情緒會很不穩定。」

「沒關係，這不是妳的錯。之前我手骨折的時候脾氣也差得要命，連我媽都罵我不孝。」

飲料餅乾一下子就被瓜分殆盡，**只要我說身體不舒服就不會有人繼續問下去**。「小米妳改天要不要回學校看老師，下星期開始他們就要上輔導課了。」

小咪跟麗子為了一包餅乾大眼瞪小眼的，我小口小口喝著水，「嗯。」

「六點多了，今天就解散吧。」

大家起鬨著要去其他地方繼續玩到凌晨，但是阿伸很巧妙的將所有提議都冠上了「下次」。阿伸是這群人之中的靈魂人物，他散發著領袖的氣質，他一直是團體中站在最前面的人，以前他就是社團的社長，印象中是籃球還是足球。

阿伸送我回家，我知道他是為了我才讓大家解散，但是有些事當作不知道比較不麻煩。

「妳好好休息。」

「嗯。謝謝。」

「小米……」

「嗯？」

「今天……那個便利商店的店員是妳的朋友嗎？」

那個嬌滴滴應該也會問阿杰一樣的問題。阿伸大概有了預設立場又抵抗著不相信，只要有了我的回答他就可以順理成章的支持自己的假設，他要的答案只有一個，但是他的心裡另一個答案卻更強烈。

「嗯。」

「他……」

「他是我爸的乾兒子。」

這樣模稜兩可的答案也許讓人很煩惱，阿伸要的不是這樣的答案。就像是小阿姨常常會問她男朋友愛不愛她，其實她想問的是什麼時候要結婚，不直接問就不會得到直接的拒絕，這樣受傷的可能比較小；小阿姨的男朋友總是回答他愛她，小阿姨高興不起來，但是又沒辦法生氣，最後悶在胸口難過的依然是自己。

媽已經煮好晚餐了，我一點食慾也沒有。今天有妳最喜歡的紫菜湯……多吃一點妳好像又瘦了……其實我一點也不喜歡紫菜湯，我也不知道為什麼媽會這樣覺得，也許是媽煮的紫菜湯沒什麼味道，我可以當開水一樣喝，悅悅說每個人都會有喜歡的東西，媽只要我跟其他人一樣就會感到開心了。

「紫菜湯好喝嗎？我下次再託同事買。醫生也說紫菜對身體好，妳今天氣色好像比較好……」

爸也說我今天的臉色比較紅潤。然後爸媽跟妹妹開始聊起今天的新聞，殘忍的歹徒殺掉台商，拿了錢之後還滅口……這些人太過分了，錢都拿到了還不放過人……居然還分屍，好噁心……現在社會越來越亂了，治安越來越差……佳佳妳打工要注意一點，現在人都不安好心……拿了錢之後當然要滅口，但是我想爸媽不會同意，這是最簡單的方法，放回肉票太麻煩了，後續處理是最麻煩的了。

我不說話家人都很習慣，我走回房間也沒有人注意到，爸在罵政府無能，但是我記得大選的時候他一直說不選民進黨台灣會完蛋。這些不重要，我吞了幾顆藥，如果有個歹徒來綁架我不知道會怎麼樣，媽會哭吧我想，爸可能會很緊張，妹妹說不定會氣到打警察，台灣的警察都先替有錢人做事……

……我曾經想過如果我很有錢說不定可以找到最好的醫生，但是那說不定會是最後一根稻草。

04

裂開的地方不要看一切還是很完美，反正我們的視線是可以轉移的。

阿杰坐在客廳。

「吃完早餐我帶妳去看醫生。」

阿杰大概又請假了，三天內請兩次假老闆應該會很生氣，說不定很快他就被我害到開除。媽也曾經因為我辭掉工作，那時候沒有保母敢照顧我，薪水優渥但是最長的堅持了九天，最後媽只能自己照顧我，那時候她剛升遷，才五歲其實我已經記下來了，媽以為我聽不懂，**如果不是因為寶寶……我努力了那麼久……**

早餐我只喝牛奶，阿杰拿了吐司給我，「我吃不下。」

「一半。」

其實我總是對阿杰發脾氣但是我從來沒生過他的氣，我把吐司丟進杯子裡用湯匙撈，妹妹都說我很髒，但是吐司太硬我吞不下去，阿杰叫我慢慢吃，我從來沒跟阿杰道過歉，我會跟任何人輕易的說出抱歉對不起，但是從一開始認識他我連不好意思都沒對他說過。

我討厭醫院但是阿杰牽著我的手腕往外走，我看著他的手跟我的手腕，我又有一種生氣的感覺。我想我可能又開始發燒了。阿杰只有一頂安全帽所以我拿媽以前用的，怕我吹風所以爸媽都買了車，其實以前坐在爸跟媽中間風也吹不到我，車上的冷氣常常讓我覺得冷。

環著阿杰的腰，我把臉貼在阿杰背上，阿杰騎很慢，我不喜歡人家車騎太快，那會讓我很沒安全感。通常五十我就會很不安，我以前都會很危險的探頭看，四十是愷翔覺得不可思議的速度；如果可以我很不喜歡給同學接送，腳踏車也不喜歡，腳踏車不知道手擺在哪裡，除了阿伸就是給亞美載，因為亞美喜歡穿外套我可以抓外套。

我抱著安全帽，阿杰把車停好了我還是抱著安全帽。但是最後還是讓阿杰拉著我的手走進醫院。手腕。他幫我掛號，三十七號，現在才到十九號。

我從小就在這間醫院看病，出生也在這裡。醫生換了三個，一個死了一個轉院現在是第三個，曾經我在這裡住了好多次院，只要我生病爸還是媽就得請假，等我大一點他們請看護，有一次我聽見看護在聊天，我看這小孩活不久……大概是造孽才會生到身體那麼差的……如果是我的孩子捏死還比較快活……噓……睡著了聽不到啦，啊妳那床的老人醫生說還可以活多久……

阿杰坐在我旁邊，有個阿姨跟他攀談。陪女朋友來看醫生啊？真體貼……像我老公只負責接送他才懶得陪我等……肯接送就很好了啦，像我家那個還要三催四請的……阿姨二號接著說，然後一群等著自己號碼的人就聊了起來，我玩阿杰的手，他的手好大，比我大一個指節。啊妹妹妳是感冒嗎？最近什麼流感的……我們家小朋友一直上吐下瀉的……我女兒好多同學也被傳染，感冒就應該請假啊……

三十七號。

醫生看見我笑了笑，然後跟以往一樣的檢查。「發燒，好好休息，我開藥給妳。」然後醫生跟阿杰講了很多我從小聽到大的注意事項，他還很親切的誇獎阿杰是個盡責的男朋友，說我一直很乖有聽話吃藥，好好照顧我的身體會更好一點。

我們沒有回家因為我說要去海邊。但是我們現在並不是在海邊，阿杰說風太大，然後我們在麥當勞。我喝水他喝檸檬紅茶，不加冰塊大概是怕我偷喝，速食店沒有一樣醫生准許的食物。

「不去打工沒關係嗎？」

人就是會假惺惺的問一些已經造成的事實，阿杰都已經請假坐在這裡。阿杰會跟我說沒關係，他還沒回答我就知道了。媽也會跟我說沒關係，但是我總覺得這三個字她是說給自己聽的，沒關係只是請個假，沒關係經理說我可以留職停薪，沒關係我不累，沒關係媽帶妳去看醫生，沒關係妳很快會好起來的，沒關係……後來媽也不說了，她會搖搖頭對我笑一笑，接著她會說她去倒水或是去煮飯。

人好多，暑假都是學生。我想回家了，這裡的人都太有精神了，每個人都是駱駝，但是他們背上沒有稻草，也不是，我們在乎的東西不一樣。阿杰的稻草可能是之前的爸，和之後的爸媽，王阿姨或許也是，我想我是最重的那一根，至少我很努力的這麼做，說不定這樣下去有一天我會壓垮他。

「阿杰？」

我不知道那群人是誰，可能是阿杰的高中同學又或者是大學同學。我對著他們微笑，他們說好久不見應該是高中同學，幾個人很曖昧的看向我又看向他，有個女生很不客氣的說我臉色看起來不好。阿杰沒有說多少話，他們邀阿杰一起去看電影，之後要去唱下午的KTV，阿杰不會去，他不喜歡這種活動，我們第一次說話就是蹺了很團康的童軍課我也裝病躺在保健室。

「你也生病了嗎？」

躺在床上很無聊，所以我很難得地主動找人聊天。他搖了搖頭，很少有人這樣不說話，亞美說我的臉看起來就不忍心拒絕，尤其是氣色不好又在微笑的時候。

「你也是七班的嗎？」

他點了點頭。我是看見學號才知道的。開學已經一個多月，但是我還是認不清大多數的人，反正我都是微笑不大說話，老師都說我很有禮貌其實我只是懶得開口，「你叫什麼名字啊？」

「王彥杰。」

「叫你阿杰好不好？」他沒反對，「你坐來我旁邊好不好，這樣說話要好大聲我好累。」那時候我躺在床上，大概不會有人覺得我裝病，他站在原地好一陣子，然後慢慢走到我旁邊，隔著一大步的距離。

「坐這裡。」在我大腿旁邊的位置，我瘦他也瘦，所以位置很空，而且那是讓我最節省力氣的位置。

他一樣猶豫了一下慢慢坐下來。

「你也不想上童軍課嗎？」

他點頭。

「我也不想上童軍課，好累，要跑又要說很多話，要說很大聲，大聲說話很浪費力氣。你為什麼不想上童軍課？我想起來我有看過你，可是我們同班本來就應該看過你，你姓什麼……我只記得阿杰了……你不喜歡說話嗎？我也不喜歡，可是我今天說好多話……我不喜歡會讓自己累的事情，我也不喜歡麻煩的事情……」

然後我們開始很有默契的在一週兩節的童軍課出現在保健室，**後來我才發現阿杰長得很好看**，只是他很少笑，跟我不一樣，我很習慣就會微笑。

順著我在外面亂晃回到家已經下午一點多了，「我想睡午覺。」

阿杰要我回房間睡，最後我還是躺在他腿上了。這次我沒有側躺也沒有閉眼睛，這樣我看得見阿杰的下巴，他的手很僵硬的不知道放哪裡，我把他的右手放在我的肚子上，左手孤零零垂在一旁，我伸手摸阿杰的臉，其實我根本不想睡，「你為什麼不看我？」

「妳說妳要睡午覺。」

很多時候阿杰是不給我答案的。也許很多話是說不出口，然而那些哽在喉頭的卻輕易的被洩漏，阿杰很安靜，所以我總是花比較多的時間去注意他，或許因為這樣即使他不說我也能夠了解；我會對阿杰說很多話，但總是刻意略過些什麼，他應該要知道的，我不說不是因為不想說，而是因為我認為他應該要知道。

亞美說話不說出來別人就算試著揣想也不會命中，然而每個人都知道，每個人都執意的要讓人猜想到自己。

我側過身閉上眼，也許不看一個人也是保護自己的一個方法。言欣總是刻意避開任何可能投注到愷翔的視線，自從愷翔明確拒絕她之後，愷翔也不看言欣；其實並沒有什麼改變的，只是他們之間的視線自此失去交點，他們一樣在同樣的活動出現，一樣參加同樣的社團，一樣是同一個討論小組。

阿杰會在我閉上眼睛之後看我，但是我不知道。我必須不知道。

「不要叫我起床……媽大概五點半會回來，妹妹我不知道，通常是六點，爸今天要加班……可是如果五點我還沒醒過來……不可以把我丟下，我今天有開冷氣，你可以跟我一起睡沒關係……」

醒過來的時候我發現我在房間。已經快六點了，可能是藥效的關係，妹妹來叫我吃飯，我想阿杰在他的房間裡。

「寶寶吃飯了，今天爸爸加班，所以只有我們三個吃。」

不知道媽的笑容會不會在聽見阿杰在家之後瓦解，但是她是長輩，被扣上長輩的帽子之後人就不由自主的強迫自己變得格外寬容。所以我想媽還是會微笑，只是弧度從曲線多了稜角，媽自始至終沒有面對過阿杰，她一直想像自己已經釋懷。**一切平和得讓我幾乎都要膜拜媽的容忍。**

「阿杰在家。」

有那麼一瞬間，媽的笑容消失又出現，媽是個社會歷練很多的女人，如果她把這個家庭當作職場也許處理起來就會像現在這個微笑一樣得心應手。

「這樣……那……佳佳妳去叫他下來吃飯……」

「他」。**不是阿杰不是哥哥。這麼微妙的不甘願。**

「我去。」這樣阿杰才會下樓吃晚餐，這樣我才能看見一家和樂的畫面。

其實我並不太能想像阿杰和我們全家人一起坐在餐桌的模樣，我的想像力或許沒有媽那麼好，所以我總要親身體驗才知道那是什麼樣的畫面。

為什麼他今天會在家啊？住那麼久我只看過他一次耶……妳去再添一碗飯……為什麼姊會那麼勤快叫他吃飯啊？可是我去叫也好奇怪，我沒跟他說過話……什麼時候有乾兒子我都不知道，姊說的話我也不知道是真的還是假的……

敲門。走路聲。開門。

「吃飯。」

「你們吃吧。」

「你把我抱到房間嗎？我以為醒過來會看到你……我的熊很可愛對不對，可是它好可憐……媽叫佳佳多添了一碗飯了，中午你就沒吃什麼……」

「我還不餓。」

「你不餓我也不想吃了。」

我跟阿杰下樓的時候媽跟妹妹坐在餐桌上，妹妹已經開始吃了，我想媽是想等我和阿杰一起吃。裂開的地方不要看一切還是很完美，反正我們的視線是可以轉移的。佳佳似乎還沒跟阿杰見過面，正式的見面，所以現在餐桌上的兩個人都看著阿杰，媽沒有說話，我想微笑已經是很累的一件事。

平常我們就是四個人一起吃飯，但是今天爸的位置換成了阿杰，桌子是方桌不是圓桌，媽只要一抬頭就會看見阿杰。這棟房子是我上國中之後才買的，因為爸媽存了一筆錢從小公寓換成了透天的三層樓房，我記得餐桌是全家人一起去大賣場挑的，不大，剛好四個人一人一邊，這樣飯廳的空間會大一點爸這麼說。

所以從阿杰搬進來那天我就一直想，吃飯的時候阿杰究竟要坐哪一邊。但是這個問題一直沒有解答，阿杰是不跟我們一起吃飯的，或許正因為如此，媽在排碗筷的時候一點也不猶豫，佳佳也熟練的按照每個人的食量放上添好的飯，面向電視的位置一直是爸坐的。

妹妹似乎添太多飯給我了，或許多了阿杰讓她一時拿捏不準。餐桌難得安靜的只有吃飯的聲音，偶爾筷子碰撞碗盤的聲響彷彿就會嚇著了誰，阿杰最不喜歡吃南瓜跟魚，剛好那是今天的主食。我把吃不下的飯倒給了阿杰，媽的疑問到了唇邊又和剛夾的空心菜一起嚥下了肚，除了安靜了點今天這餐是個和樂的場景。**我決定以後阿杰跟我坐同一邊。**

「我發燒了。」

「寶寶妳說什麼？」

因為這句話其餘三個人的視線都投向我，這句話很久沒有從我口中說出來了，自從我學會躲進房間躲進棉被裡。我似乎不該這樣驚嚇媽，她的神經夠緊繃了，下班之後家裡該是休息的場所，這陣子卻顯得更加警戒，似乎隨時都防範著突來的震撼，這情節下的人遇見習以為常的狀況也會格外害怕。

「今天去看醫生。阿杰陪我去的。」

為什麼是阿杰？媽的問句妹妹的問句我的微笑，**我想阿杰會因此得到媽比較大的寬容。**

最後媽一如往常的要我注意身體要我吃藥，在阿杰的身影消失在樓梯之後，媽的表情是我從未見過的神色。

「因為阿杰中午回家發現我發燒了。」

這不是事實，但是事實有時候只是增加困擾。

05

看著他的側臉，也許十年之後我所想起的阿杰會是這個角度，我想我記不起他的聲音，已經夠單薄的記憶，十年之後或許已經斑駁得無法辨識。

今天的午餐是廣東粥香瓜還有我乖乖吃藥換來的布丁。阿杰在我旁邊吃著便利商店買來的便當，標籤上寫著排骨便當但是那塊肉根本就是乾扁肉乾，配菜因為加熱而變色，我看著阿杰的側臉，如果他因為吃下太多防腐劑而永遠不會腐化，那麼有些東西是不是就不會消失？

「給你吃一口。」

我的手懸在半空中，阿杰看著我並沒有張口的打算，我的手有點痠，很堅持的我望著阿杰。從以前我就知道阿杰有雙憂鬱的眼，許多人都會替沉默的人冠上憂鬱的形容詞，然而他們從來不望進沉默的人，那樣的動作過於耗費心力，或許自己的靈魂也會因此被看穿；阿杰的眼是低調的憂鬱，起初感到的是清澈的，然而跨過某段距離之後，有太多埋藏在深不見底的潭中。

阿杰喝下涼掉了的粥，看著他的側臉，也許十年之後我所想起的阿杰會是這個角度，我想我記不起他的聲音，已經夠單薄的記憶，十年之後或許已經斑駁得無法辨識。然而我又時常想，十年這個量詞太過遙遠，似乎是我永遠不及的距離。

從我發燒之後阿杰每天中午都會回家陪我吃午餐，可能他也只是要確保我有把那七顆五顏六色的藥丸吞進去。總感覺那樣的鮮豔會在我的腹中將我緩緩侵蝕，一點一滴以一種無法察覺的速度，無法填補的孔隙，幾近風化的我的軀體如果哪天誰這麼用力一吹。

在阿杰開門關門的動作之後，終於整間屋子裡又只剩下我一個人了。阿杰每天大概花四十分鐘陪我吃飯，媽並不知道這些，所以她依舊每天中午打電話叮嚀我記得吃飯吃藥，媽打電話的時候阿杰通常已經坐在我身邊了，我不止一次想告訴媽這件事，可能我也希望阿杰能早點合理的出現在這個家中，但我總是掙扎的打消了念頭，也許我並不那麼希望著。

亞美說今天要回高中探望老師，其實我是不想去的，對於那些記憶，即使是三年那麼久的記憶，對我而言也單薄得像衛生紙一樣很輕鬆就可以撕毀，我幾乎想不起來化學老師或是物理老師的長相，也許只有班導師那張過於鮮豔的嘴份外鮮明。

彷彿三年的高中生活就擠壓在那張鮮紅的唇上，開開闔闔就吞噬了所有的記憶。

在阿杰出去上班和等候來接我的人之間我開始回想高中的三年生活，如果硬要說有留下什麼大概就是我表現不差的成績單和獎狀，或許是預知了我會有這樣的記憶貧乏所以我很小心的收集了那些數字，但是存在著什麼意義我到現在也不明白，可能我只是單純的覺得那些數字很有趣也說不定。

每次看見那些成績單並不會像小說寫的那樣勾起一大段回憶，老實說我一點感覺也沒有，連想起哪個科目的老師都沒有，但是每次整理書桌時我就是會把那一疊幾乎等同於廢紙的東西收好，接著這一年又加上了兩張大學的成績單，我想或許我的潛在意識裡就是扮演一個成績單癖的角色。

耳邊響起很粗糙的古典樂，忘了是哪個大音樂家的偉大作品，但對我的意義只有告訴我有人正在按門鈴這個訊息而已。

聽見門鈴響了之後我拿了側背包關了燈打開了鐵門，照例是阿伸出現在我家門口，但是到校門口的時候只看見亞美一個人。我以為會很多人的，但亞美說她只找了我跟阿伸，但那不重要，從來被注意的焦點就不會是我。

我常常想，如果抽離了身體不好這件事之後，我還有什麼比較鮮明值得被記住的特質？或許曾經的同學會說，那個功課很好的女生，或是那個會安靜聽人說話的女孩子，但是功課好的人十年之後會被注意的也不是這些了，只有學生會在意這些，而安靜聽人說話這件事本身就是個假象，那或許其他人對我的印象不過就是虛構，可能我同樣也是個虛構而被想像出來的角色。

我們看了國文老師、化學老師和生物老師，物理老師出國旅遊了，但即使我們探訪了這麼多個老師，亞美跟阿伸也談笑的說了許多的往事，但是我發現我一點印象也沒有，甚至我懷疑那些化學方程式物理公式會不會只是我從課本看來的，而我從來沒有出現在課堂之上，所以對於永遠十八歲、答錯要唱歌、進步會有珍珠奶茶喝的這些記憶一點也沒有印象。所以我突然很想見見班導師，因為我的高中記憶裡只剩下她了，縱使只是一張唇，那也是我僅存的記憶了。

我們在英文科辦公室等到了班導師，我聽亞美開心的跟她打招呼，喊她張姊，只有我喊老師，可能是因為我什麼都忘記的緣故。從頭到尾我就微笑著，其實我根本沒有在聽他們的對話，我的注意力集中在那張唇上，但卻跟記憶不相符合，不是鮮豔的紅色而是時下流行的淡色。

說了再見之後班導師突然叫住我，阿伸跟亞美先去牽車，剩下我們兩個人，而且其中一個還是幾乎不復記憶的學生。

「一年多了，回到學校有什麼特別的感覺嗎？」

我想如果想要跟我寒暄不需要特地將我留下來，但是我並不那麼想知道真實的理由，畢竟眼前的這個人或許十分鐘之後我們就再也不會見面了。嗯，感覺很懷念。我也沒想到我可以那麼輕易的說出這樣的話來，但是我一點也不訝異，謊言本來就是必要的存在。

「妳一直是個很優秀的學生，從來都不會讓人失望，而且妳很溫柔。」她頓了頓，「但是，我總感覺妳刻意的保持距離，妳不用太在意，我只是憑著我教了十多年的書，這麼覺得而已。畢業的時候沒有說，但是一直想對妳說，保護自己是好事，但是有些時候人是需要受傷的。」

有些時候人是需要受傷的。

這種話由一個老師說出來總感覺格外有說服力，但是之後阿伸跟亞美問起的時候我什麼也沒有說。對於高中三年的記憶我看著眼前的行政大樓一點也沒有回復的跡象，我思考著班導師說的話，其實也沒那麼認真，只是很少有人這麼對我說，也許是一時反應不過來。

「現在才三點多耶。而且今天天氣真好。」

「那還想去哪裡嗎？」

「出去玩三個人有點虛耶，但是我也懶得找其他人來了。」

「那要回家嗎？」

「回家之後我會很無聊耶，快嘛，總會有地方是三個人可以去的。」

「小米妳有想去哪裡嗎？」

通常這樣的問句我都是以「都可以」這樣會讓人無力的回答帶過，但是現在我的腦中突然冒出了一個強烈的想法：「我想回國中看看。」

如果靠得那麼近的一年前我都想不起來了，那麼隔了那麼遠的國中三年會不會同樣斑駁得一吹就散。然而我卻莫名的相信著我可以想起些什麼，畢竟關於阿杰的記憶一直都那樣輕易的被想起，或許只是高中離得還太近，所以我的大腦還沒整理好什麼該被記憶什麼該被遺忘。

回到家的時候還很早，所以依舊是空蕩蕩的只有我一個人，我坐在沙發上，本來想打開電視後來想想又放下了遙控器。坐著不到一分鐘我就躺了下來，我一向是個沒有坐相能躺就不坐的人，側躺所以看得見電視裡映出的畫面，像一座乾淨整齊的空城，而我是佔據空城的流浪漢。

考指考的那年，亞美曾經在經過火車站的時候指著睡在沙發上的流浪漢對我說：「像他們這樣多好，雖然什麼都缺但是擁有最大量的自由，不像我們整天被關在學校補習班，接著又被關回家裡。」我一樣是嗯的一聲不發表意見，這種時候亞美就會自動將我的單音翻譯成同意的意思。那個時候沒什麼感覺，可能我的感覺一向很遲鈍，是這個暑假才明白，說到底我們還是比流浪漢幸福多了。

這個世界上每個人都是不自由的，犯罪的人被囚禁在狹小的空間之中，沒有自我掌控能力的人也被綑綁著，然而其他人充其量只能稱為行動監獄，很認真思考的話就會發現我們都是被限制住被囚禁住的人。**什麼都可以囚禁我們，什麼都可以奪走我們的自由，就像是我一點一滴正在奪走爸媽和妹妹的自由一樣，還有阿杰。**

四點零九跳到了一零。媽還有一個小時才會回來，也就是說我還有一個小時要當個空城裡的流浪漢，然後我想起阿杰帶回來的午餐，**發現我們還沒「一家人」和樂的吃過飯**，上次爸爸不在家，上上次妹妹沒有去餐廳，算來算去也沒辦法揑造第三次。我猜想那會是什麼樣的畫面，媽對於阿杰應該開始有著矛盾的情緒，而阿杰又是爸爸毫無預期的兒子，妹妹一直都有被蒙在鼓裡的感覺吧，但是沒有辦法，善意的謊言。大人都是這麼說的。

電視機右上角有一塊絢麗的反光，不自覺的就會將專注力放在那一小塊光亮，但是沒過多久我的眼睛開始感到疼痛，轉開視線之後是一片黑暗。多大的光亮背後就有多大的黑暗，我開始想著這間屋子，在這樣溫暖光亮的表象之下究竟藏有多少的黑暗呢？

前幾天聽見爸跟媽在吵架，詳細的情形我也忘了，脫不了那種小事作為開端中繼翻出舊帳最後攻擊對方人性上缺陷的模式，但是媽很聰明的避開所有關於阿杰的話題，這代表他們吵架的時候也還保有理智吧。總之在我們看得見的地方他們是恩愛而且相互尊重的，阿杰或許早就看穿了，其實在第一次見面的飯局裡什麼就都已經透露出來了，阿杰是個細膩的人，很容易就會明白這一切。

電話。我的手機。

「喂?」

「小米嗎?我是阿伸。沒什麼事啦，只是有點擔心妳，現在好多了嗎?頭還會暈嗎?如果真的很不舒服的話我可以帶妳去看醫生。」

「我沒事。我想睡一覺就好了。」

「這樣啊，那，那妳先休息好了，我改天再打電話給妳。」

其實阿伸不用打電話給我也沒有關係，我當然知道他對我抱有什麼樣的心情，但是我對他一點感覺也沒有。我的感情神經真的太過粗大，十九年的生命裡曾經交過一個男朋友維持兩年又三個月，之後就像是電路燒斷一樣沒消沒息，不是說那個男朋友，是說我的感情。但是我跟那個男朋友之後也沒了連絡，原因是什麼並不重要，總之分手得很和平。

我想起來為什麼阿伸會突然打電話來說這些話。結果我們沒有回去以前我讀的國中。機車都已經騎到了門口，我也已經看見那一大棟的教室，然後我一點也不想踏進去，反正過去的都已經過去了，再怎麼被留級也不可能重讀國中，那麼我回去還有什麼意義呢？

所以我告訴亞美跟阿伸我頭很暈，我想回家休息很抱歉之類的話，這種藉口從來就不會有人懷疑也不會有人不管我，所以阿伸負責送我回家，剛剛那番話他已經在門口跟我說過一次了。我想阿伸一定會是一個很體貼的男朋友，亞美也曾經這麼對我說，然後加上一些些暗示，當然必須裝作什麼都不明白，不明白的事情就不會有後續發生了。

或許有人會覺得不喜歡為什麼不乾脆的拒絕他呢？但是阿伸從來也沒開過口，我也不想浪費力氣去做這樣吃力不討好的事，我不否認我是個自私的人，他要怎麼喜歡我其實根本就不關我的事，只要我沒有主動對他做些什麼我想我就沒有必要像個聖人什麼都要解決，所以阿伸繼續喜歡我，我繼續當作不知情，這樣和平的持續下去也沒什麼不好。而且人性是脆弱的，我想阿伸有一天會遇見讓他變心的女人，那就自然的讓他轉向，一切都很好。

對我來說這不是鴕鳥心態，而是我根本就不認為我該處理。所以我常常想，阿伸看見的是我的表象喜歡的也是我的表象，如果有一天他發現了他一直很喜歡的那個我根本從來就不存在，這樣會不會導致他的混亂？但我想他是不會發現的，因為人們都是相信表象的。

「啊～寶寶怎麼睡在沙發上會感冒的。」

我不知道媽是什麼時候回來的，可能是我發呆太過專心而沒有注意到開門的聲音，但是我沒有睡著，因為眼睛是閉著的所以媽很正常的當作我在午睡，她替我蓋上了外套，接著我聽見塑膠袋窸窸窣窣的聲音，媽開始料理晚餐。我猜現在大概是五點十五分。

不想張開眼睛我繼續躺在沙發上，衣服大概是媽的外套因為有她的香水味，我想起來小時候媽會用她的外套包住我，在等火車的空檔唱一些歌給我聽，一些我只記得旋律的曲子，那時候我們會在週末搭火車到爸工作的地方，爸總是會買一些零食糖果等我去，所以媽常說我喜歡吃零食都是爸造成的。

那時候媽的味道和現在的香水味不一樣，是沐浴乳的香味，跟我的身上一樣。曾經我還因此感到一種異常巨大的親密感，因為我們身上擁有的氣味是相同的，而爸回到家之後也會有同樣的香味，妹妹那時候還沒出生，妹妹大概不會有這部分的記憶，因為她出生那時媽已經開始在用香水了。

「我回來了。」是妹妹的聲音。

「佳佳妳叫姊姊起來吃飯。」

「喔。」然後腳步聲越來越接近，家裡的人是不會粗魯的喊我起床，原因或許是我起床時總會有難看又蒼白的臉色，「姊、姊，起來吃飯了。」

或許是閉眼太久的緣故，真的有種昏昏沉沉的感覺，隱約知道爸也回來了，我張開眼四周是模糊的風景，妹妹還站在我的面前，他們都會等我真正醒過來才會安心離去。等我完全清醒妹妹又說了一聲吃飯就走向餐桌，一家四口的畫面讓我瞬間忘記阿杰的存在，或許不是忘記阿杰，而是忘記他所扮演的角色。

「寶寶妳怎麼會睡在沙發上呢，這樣會感冒的，下次睏的話就到房間裡睡。」

「嗯。」

「媽今天煮了妳跟佳佳愛吃的菜，多吃一點，爸爸你也是，多吃一些。」

太過和樂溫馨的畫面反而讓我強烈的思念阿杰，我也說不上為什麼，既然我都已經替阿杰決定了他的座位，沒理由他不跟我們一起吃飯。我看了一眼我的右手邊，還可以勉強擺下一個人的空位，那是我替阿杰保留的位置，跟我同一邊，大概也只有我會很認真的站在他那一邊了。

他還是僵了一會兒，最後跟每次他的決定一樣，在我指定的位置上坐下來，沒有讓他預留任何空白的機會。

06

晚上十一點四十七分，被塗上螢光劑的數字和指針是這麼說的。我聽見阿杰打開房門的聲音，於是我起身下床，走到了阿杰的門口敲了門。阿杰的腳步聲越來越靠近我的方向，接著是旋轉門把的聲音，我想他應該很納悶是誰在夜半敲門，又或許他打從一開始就知道是我，但是那不重要，因為他打開門的瞬間就會知道是我。

「寶寶？」他皺了眉，這時間我應該睡沉，我的身體異常的需要睡眠。

我逕自推開門越過他身旁走進他的房間，他的房間擺設跟我的房間大同小異，深藍色的被單深藍色的窗簾一張書桌一座書櫃，妹妹的房間大抵也是這樣，但是儘管基本的配件是相同的卻讓人產生截然不同的想法，至少他的房間裡不會出現布偶。我想這或許跟我們三個人的存在模式有著相同道理，流著一樣的血相似的基因同樣擺設的房間但是我們的過去我們的未來甚至我們的現在都是全然不同的。

我坐在阿杰的床上看著他，他大概正要洗澡，因為床的另一邊有他的衣服。我也知道他的生活模式是很固定的，我跟他之間那道牆隔音實在不怎麼好，所以每個晚上我的聽覺就某方面來說是跟他同步進行生活的，十一點半到十二點之間他回到家，接著洗澡，之後並不立刻睡覺，我猜可能看看書或打打電腦，大概一點多才會結束他的清醒。如果真的要說阿杰搬進家裡之後對我有什麼不良影響大概就是讓我必須在一點多跟著他一起入睡，而這之前我總是十一點多就休息。

「怎麼了嗎？」他從門邊走到一個距離之後就站定了，約莫三步的距離，讓人感到刺眼的空白。

「你準備要洗澡嗎？」我把他的衣服遞給他，於是我們就呈現一個定格的畫面，他看著我並不接過衣服。

他又沉默了。不知道為什麼，我就是特別無法忍受阿杰這樣的沉默。

「我手痠了。」終於他拿過衣服，「你先去洗澡嘛，等你洗好再說。」

似乎是決定妥協了，阿杰又看了我大概十秒鐘，然後安靜的走出房間。他關上門之後我對著那片咖啡色發呆了一陣子，對於關門這個動作我一直感到很困擾，所以我總是不走最後一個，而在別人必須當著我的面關上門時我也極力轉移注意力，什麼無聊煩躁的小事在這種時候都能讓我侃侃而談。

阿杰的房間很簡單，書櫃上的書也沒有像我一樣塞得滿滿，我猜是留在之前的房子沒有帶來。他只帶了一些簡單的衣物和生活用品過來，佔最大重量的可能是他的筆記型電腦吧。我發現電腦是開機的，螢幕是充滿白雪的風景照，太過純潔的畫面反而讓人感到刺目，我一向對科技產品沒什麼好感。

房間裡有淡淡的阿杰的味道，我知道他用的是跟我們不一樣的沐浴乳，其實那間浴室只有我跟阿杰會用，二樓也只有住著我跟他。常常刷牙的時候我都會以為這間屋子只有我跟阿杰住，因為毛巾牙刷漱口杯沐浴乳什麼的都是兩份擺在我眼前，然後我跟他用同一條牙膏；這可能莫名的造就了我跟阿杰的親密感，所以我對他是全然沒有防備的，生活在一起的兩個人如果相互防衛著那是太過悲哀的一件事。

夜裡很安靜，聽得見水聲。這時間妹妹可能還沒睡，爸媽為了怕打擾我的睡眠所以讓我一個人睡在二樓，所以每天我進了房間之後就感覺只剩下我一個人在生活，然後持續到了隔天的下午五點鐘媽回來煮晚餐的時候，一天大概只有六個小時我脫離了獨居生活，而阿杰的出現讓我的獨居生活縮短到了九個小時，也就是說漫長的夜晚裡我們兩個是相依為命的。

阿杰的鬧鐘顯示十二點零一分，在我不知不覺裡生命又這麼過了一天，「我的身體比一分鐘前衰老了一天」這樣的念頭浮現了出來，但是後來想想應該是這一秒鐘比前一秒鐘衰老這樣一秒一秒累積下來的，所以有人會在下午三點五十七分病倒有人會在晚上八點零九分死亡，而不是通通集中在每天的十二點整發生。

書桌上有一本看了一半的書，書籤夾在三分之二的地方，是村上春樹的《世界末日與冷酷異境》，那本書我去年看過但不是很喜歡，對於主角最後那個太過負責任的決定我完全不認同。那本書很厚，但是我想越厚的書讀起來並不是一種未完成的壓迫感，而是漫漫延伸的空虛感，就像是我很害怕「永遠」這樣的詞，聽起來像沒完沒了的可怕。

我想起來亞美今天告訴我她已經決定下個星期三要出發到日本，她的錢已經存得差不多了，而且她媽媽也贊助了一部分，她會在北海道玩上七天六夜，還說會記得帶禮物給我。今天是星期二所以亞美還有八天就會搭上飛機前往另一個國家，雖然只有七天但是七天之後的亞美大概會變得不一樣吧，至少有好一陣子她的話題都會繞在北海道。

但是因為亞美的緣故讓我發現原來暑假已經過了一個半月，阿杰搬到家裡也差不多這麼久了，一個多月的時間我們一家人還沒好好的吃頓飯，媽也沒有提起任何一個關於阿杰的話題。有時候我都會有種「其實阿杰根本就是我想像出來的人物」這樣的想法，一直要持續到了晚上阿杰回家之後才會打破，這一個半月來我們的生活表面上一點變化也沒有，就如同每一個昨天，**要到多久之後我們才肯承認其實什麼都已經不一樣了。**

而目前為止，只有我跟阿杰的生活有了很大的轉變。

水聲停了，沒過多久阿杰就打開門走進來，依然是在我們之間留下一小塊但是決定性的空白，時間是十二點十一分不知道幾秒，他看著我我也看著他。

「怎麼了嗎?」不是阿杰問的,是我。

「妳應該睡了。」而且不應該出現在他的房間裡。

在這個家裡面似乎任何人都不應該跟阿杰有過多的接觸,他是一個極為特別的存在,不特別注意就可以忽略,他的時間和居住成員完全配合的錯開,或許這就是爸媽安排他住在二樓的原因。

「我睡不著。」我看著他,懷疑他是不是有刻意量過那樣的距離,拿捏得太過完美,靠近但是絕對的疏離,不仔細觀察完全無法看穿他的刻意,為什麼呢?從前的我們關係可以很好的呢。但是這樣似乎又有點明知故問的跡象,但是我不喜歡,非常不喜歡這樣子的阿杰。

「坐這邊,」我拍了拍我身邊的位置,「我不想耗費太多的力氣在音量上面。」

其實我睏了,雖然說我總是要花上好長一段時間才能入睡,但是這跟我感覺睏倦一點衝突也沒有。我想這時候誰看了我的表情都知道我根本沒什麼氣力,何況是阿杰。他還是僵了一會兒,最後跟每次他的決定一樣,在我指定的位置上坐下來,沒有讓他預留任何空白的機會。

他坐下的時候我明顯感到床微微陷落，剛洗完澡沐浴乳的香味讓人很舒服，莫名的我從小就喜歡聞沐浴乳的香味，不管是哪個牌子只要是自然而然的香味都會讓我感到放鬆。我靠在阿杰身上，他的身體好溫暖大概是剛洗完澡的緣故，睏倦的力量似乎是要發揮讓我昏昏欲睡，但是如果我就這樣睡著阿杰應該會直接把我抱回房間，所以我很努力的保持剩餘的清醒。

「今天我想跟你睡。」

這就是我今天最後打算的目的。沒有預謀，是在聽見阿杰打開門走進來的時候決定的，或許是因為聞到沐浴乳香味的關係；一開始來阿杰的房間只是因為突然覺得很無聊，而那股無聊的力量強大到我連舒適的床都可以拋棄，但是我不可能到樓上找爸媽或者妹妹，這會嚇到他們，所以我耐心的等著阿杰的腳步聲。

「我陪妳回房間。」

阿杰從來就不會正面的拒絕我，或許是因為知道我討厭被拒絕，又或許只是他一貫的處理態度，但是這樣的語意無損於他想拒絕我的提議的力量。

「我說我今天想跟你睡，我要睡這裡。」

或許壓垮阿杰的最後一根稻草就是我這樣毫無道理的任性。

「妳應該回妳的房間。」

「不是每個應該都要被遵守吧。而且姊弟睡在一起也沒什麼大不了的。」

是啊，我跟阿杰是姊弟呢。

我又把阿杰的左手抓起來端詳，從以前開始我就很喜歡玩阿杰的手，他的手總是很溫暖，雖然相較於我過低的手溫每個人的手都是溫暖的，但是阿杰的手上帶點粗糙但不磨人的繭，很輕易的就博得了我的喜愛。

「寶寶……」

我看不見阿杰的表情，但從他肌肉微微的扭動我知道他正在看著我。從一個半月前，也就是那個飯局開始，阿杰就很少直接注視我，但我知道他會以他的方式專注在我的身上。所以我想他現在看見的是我的頭頂，黑色的髮和白色的髮線，雖然我覺得這樣的風景太過貧瘠，但如果強迫阿杰一定要看著我或許他會從此開始逃離。我們是沒有資格逼迫別人注視我們的。

「阿杰……」我握緊他的手，「今天我不想一個人睡。」

隱隱約約他似乎嘆了口氣，或許今天他讓我睡在他的房間之後明天後天我就會開始進駐，但是我想即使不是今天，也可能是任何一天，畢竟在十一點鐘過後這層樓就轉換為我們相依為命的時空了。**我的自私讓我不去考慮阿杰的為難，如果不那麼自私的話可能我連阿杰的衣角都碰不到。**

「妳睡床上。」

終於阿杰妥協了。但是我的意識也開始模糊。可能是太晚睡的關係，我不知道現在幾點，但一個半月來的晚睡已經讓我無法負荷，如果不是午睡大量的彌補也許我連自私的力氣都不剩。我用僅存的力氣抓住阿杰的衣角，任憑他把我抱到床上躺好又幫我蓋好了被子，**最後他把我抓住他衣角的手拿開，只是短短一瞬間，我感到巨大不安定的恐懼感，像是有些什麼是註定失去了一樣。**

在我察覺之前，我的眼淚已經從眼角滑落，我不知道為什麼會那麼傷心又無聲的哭泣，我只知道如果這一個瞬間我用力的把那麼空虛的悲傷吞下之後，接著會是我被巨大的空虛反吞噬。我的意識異常的清醒，在我恍恍惚惚之間這是不太可能發生的事情，但是我就是很清醒。

我半張的眼睛被淚水弄得模糊，我的鼻子開始無法正常的呼吸，所以我必須用嘴巴負荷我所需要的氧氣，視線落點在阿杰的背，白色T恤的背面是全然沒有顏色的白，接著在阿杰的手伸向奶油黃的牆之後整個房間就變成了全然的黑，我知道適應之後會看見月的光亮，但是在我努力適應的這段黑暗之間，我突然有種即將溺斃而且放棄求救的無力感。

我感覺阿杰走近我的身邊而且停留了一會兒，這樣誰也看不見誰的黑暗裡，任何的注視都是可以被接受的。最後他在我右邊的地板躺下，我佔據了他的床，現在他甚至連枕頭都沒有，也許他會拿一件外套充當棉被，又或許就這樣躺著，但是不管怎麼想，我都是搶走他溫暖的床和被子的掠奪者。

我的存在似乎就是在製造其他人的苦難。

我的眼淚越流越急，完全無法控制，但是我不想讓阿杰發現，我不想讓他發現我在哭。我拉起了棉被把整個人蒙在裡面，棉被裡滯悶的空氣讓我的呼吸更加困難，我突然想如果就這樣死掉也無所謂了，至少現在我不想讓阿杰發現我在哭，連我也不知道為什麼會這麼堅持，在阿杰面前哭對我來說是一件稀鬆平常的事情。

「寶寶……寶寶……」

阿杰還是聽見我刻意壓低的哭聲了。他試圖拉開我蒙在身上的被子，而我傾盡全身的力氣抵抗，但是沒有辦法，我的力氣是不可能敵得過阿杰的，接著他抱起我，用手探了探我的額溫，但是我沒有發燒，這一次我非常肯定的我沒有身體不適。

我拉住他，在他懷裡繼續我的哭泣，他突然意識到他什麼也不能做，所以他突然不那麼慌張了。於是他就這樣抱著我，什麼話也不說的讓我繼續哭泣，我突然想，說不定我只是因為要他抱著我睡才會那麼賣力的大哭。

不知道哭了多久，但是我的頭痛得像要裂開一樣，我大量的眼淚似乎是即將流光了，眼角泌出的淚液逐漸停息，安靜的黑夜裡剩下我抽噎的聲音，我聽見阿杰的心跳，不知道嬰兒是不是也可以透過臍帶聽見媽媽的心跳，如果有人可以永遠這麼抱著我或許我就不會那麼害怕永遠這個字眼，但那也只是如果。

我們之間幾乎沒有空隙但就是一點接觸也沒有，不一定要看得見的距離才稱得上是距離，就算是靠在一起的人也會感覺很遠吧。

我張開眼睛的時候就看見阿杰。他坐在床邊大概是照顧了我一晚，看樣子他並不是一整夜都抱著我的。我的頭好痛，眼睛也沒辦法睜得很開，說不定一照鏡子就會發現一隻凸眼金魚，我想今天大概要避開爸媽還有妹妹，我實在想不出有任何理由可以解釋我的眼睛，甚至我連昨天為什麼要哭我也不明白。

他扶我起來餵我喝了點水，我知道他很擔心但是他不會發問，我們之間的相處模式就是這樣，他會等我自己提起這個話題。有時候我都想告訴他其實我希望他開口問我一些問題，但終究是沒有，三年前沒有這麼做現在如果這麼告訴他大概會顯得很突兀吧。

「好一點了嗎？」

「嗯。」

我靠在他的身上，我想跟他說聲對不起但怎麼樣都沒有辦法讓這三個字順利從我喉嚨滑出來，總覺得如果跟他說了這三個字之後他就會跟其他人變得一樣了。

「我有幫妳煮稀飯，要現在喝嗎？」

我搖了搖頭。「現在幾點了？」

「十點多了。」

「我又害你請假了對不對？」

大概是很少在阿杰面前用這種語氣說話，突然間沉默就這麼罩了下來，而且不是我們所習慣的那一種沉默。是像要把人定在原地無法動彈的厚重。

阿杰的話很少，如果我沒有要他說話而我也不說話的時候我們之間就會很安靜，但是那種安靜是我們相處之中很簡單的一種模式，毫無壓迫感或是讓人不適應的感覺，我甚至很喜歡那樣的安靜，因為只要專心一點就可以聽見心跳聲和呼吸聲。

「我餓了。」其實我一點食慾也沒有，但是這樣的沉默讓人難受，或許在喝完粥之後一切就會回到原樣。

鬧鐘顯示十點五十一分，我發現我睡了那麼久，平時我七點都會準時起來吃早餐的，或許妹妹有到過我的房間，那她發現我不在房裡之後呢？但是看樣子似乎是沒有。

「不要關門。」

在阿杰走到一半的時候我這麼對他說，如果可以我甚至想要求他倒著走路，**我總感覺望著一個人離去的背影是很悲哀的一件事。**如果是兩個人背對背的走開似乎公平一點，留在原地看著對方的離去實在太殘忍了，大概就是因為這樣的殘忍可以突顯另一個人的悲慘，所以幾乎每齣有分離場面的電視劇都用了相同手法，還硬要運鏡讓觀眾體會站在原地那個人看見的景象。

阿杰走出房間之後我看著那扇半掩的門，視線轉回房間裡。跟昨天晚上沒什麼不同，除了電腦已經關掉之外其他的都沒什麼兩樣，所以我想今天還是會像往常一樣吧。

很快的阿杰就端了一碗稀飯進來，本來是打算讓他餵我但後來想想我還是把碗給接過來。幾乎是清粥的樣子，我吹涼湯匙裡的粥慢慢喝進去，我想應該是阿杰自己煮的粥，從以前到現在他會煮的就是加鹽的稀飯。

「你煮的稀飯還是一模一樣。」**但是我說到一模一樣的時候就有一股複雜的感覺**，或許我的心情有一部分還殘留著昨天的失控吧。

我小口小口的喝著，因為真的沒有食慾所以我只能勉強的喝了半碗，然後我把碗遞給了他。

「再喝一半。」

我搖頭。「我真的吃不下了。」

「那妳再休息一下吧。」看阿杰的動作像是要把稀飯端出去之後人也不回來了，所以我用一種自己也覺得訝異的速度拉住他的衣襬，因為手不夠長所以只能勉強的用中指和食指拉住，要維持這個動作手臂超乎我想像的痠，**但是我很努力的不放手**。

「你會回來吧？」

「嗯。」然後他端著稀飯走出去。

在阿杰回答我之前我以為時間過了半小時那麼久，大概是因為手痠的關係，那種感覺會讓時間無限制的拉長，但是到阿杰走出房間這之間還花不到一分鐘，是我無意間看到鬧鐘發現的。跟阿杰在一起的時候我都不去注意時間，說不上刻意避開，只是自然的就會不去注意時間，反正時間到了阿杰就會提醒我。所以有一陣子到了某個特定的時間我都會覺得聽見阿杰的聲音。晚上八點半。大概是這個時間。

等阿杰回房間的空檔我就保持原來的姿勢不動，但是因為有點熱我把被子掀開，我想起來我身上還穿著睡衣，雖然說是睡衣其實也只是運動褲和普通的T恤，一點引人遐想的意味都沒有。我把褲子拉開，開始端詳那因為過分白皙而一覽無遺的大腿血管，青綠色一點都沒有血流動的跡象。

我聽見阿杰的腳步聲，但是我還是繼續看著血管：「血管被看得那麼清楚會不會很噁心啊？」

「不會。」他在書桌邊的椅子坐下來。

「坐這裡。」連抬頭都沒有，我拍了拍右手邊的床沿，繼續看著血管等他走過來。

我的視線從大腿轉移到左手手腕，把手伸到阿杰面前：「你看，這樣要自殺多方便。」

「會很痛。」

他這樣說，然後我的手依舊停在半空中。

我突然有點時空錯亂的感覺。過了一段時間我把手放下之後才明白為什麼，以前這樣對著阿杰說的時候他會把我的手握住，所以我每隔一陣子都會這樣對他說，因為阿杰很少會主動做些什麼。

「已經不一樣了啊。對啊，都已經不一樣了。」我用食指戳了戳血管，「我們已經十九歲了對不對。我每年生日都會想啊，會不會是今年呢，但是我還是活到十九歲了……其實我的身體不會讓我死掉的，雖然身體不好但是不會那麼容易就死掉，可是爸媽就是很擔心我也不知道為什麼……也不是說不知道為什麼，大概爸媽就會一直擔心到我死掉那天吧，所以以前會想早點**死掉說不定比較好……真的喔，到國中之前都還是這樣想的，但是後來就決定好好活下去了……決定好好活下去……**

「如果我死掉你會難過嗎？」頓了一下但是我沒有留時間給阿杰回答，「可是這樣就不會被忘記了吧，雖然不能說死掉的人就一定會被記得，但是因為我才十九歲啊，應該會是很多人遇見第一個死掉的人……『第一個』不**管是什麼都會比較容易被記住吧**……可是我也不需要很多人記住我，爸媽跟佳佳不管怎麼樣都不會忘記我的，亞美應該也不會，所以其實也不是很重要，我是說被其他人記住這件事情……可是阿杰你會記住我嗎？都不會忘掉可以很容易想起來那一種……因為我現在是你的姊姊了，所以你應該可以跟佳佳一樣的記住我吧，因為我是姊姊呢……可是如果只因為『姊姊』才不得已的記下來好像對你們很過分，佳佳就算了，如果是你的話，因為我是假設十九歲就死掉，所以要你記住一個幾個月不到的姊姊一輩子好像是很過分的一件事……**但是因為我已經是你姊姊了啊，所以你已經不得不這樣記住我了……**

「媽很不喜歡我說到死這個字，但是不說我還是會一直想啊，一直到國中之前都會這樣一直想……以前會想說活到十五歲，過了十五歲之後就會想活到二十歲，然後就變得越來越貪心……你知道嗎？國二那年我的生日願望是好好的活到五十歲呢，雖然我也沒有必要浪費一個願望，但是那時候就是覺得一定要許那個願望……不知道為什麼，那時候突然想活很久很久呢……

「阿杰……最近我又開始想到死這件事情了呢。」

低頭的姿勢維持久了好像會有一點點頭暈，阿杰背對著我坐在床沿，我的右手並沒有碰到他連衣服也沒有，但是我可以感覺到那隱隱約約傳來的熱度，還有阿杰身上的沐浴乳香味。每次在洗澡的時候我都會有偷用阿杰的沐浴乳這樣的念頭，但是很容易就被發現了吧，而且那是男生專用的所以我就放棄了這個想法，但是有時候會拿來當洗手乳，這樣會讓我心情很好。

我們之間幾乎沒有空隙但就是一點接觸也沒有，不一定要看得見的距離才稱得上是距離，就算是靠在一起的人也會感覺很遠吧。前幾天電視劇演的，男主角抱著女主角但是心裡卻在考慮另一個女人的去留，要怎麼樣才可以不讓妻子發現呢？想著這樣的問題，可是後來想想心裡想著總比說出來好，習慣性隱藏些什麼是人的天性，更何況是說不出口的感情呢。

我轉頭看著阿杰的背，他很瘦但是背卻很寬廣，通常我都不加思索的靠上他的背，但是今天我卻興起了想仔細看看的念頭。可是這樣看除了看見T恤的背面其實也看不到什麼，如果只是這樣看著就算看了一百年也不會知道阿杰在想些什麼。

「你可以抱我嗎？在我死掉之前好好的抱抱我，不管是當我是姊姊還是什麼的……」

我不知道阿杰會不會真的轉過身來抱我，如果我耍賴要求他會這麼做的，但是這一次我不想任性逼迫他些什麼，如果他繼續維持同樣的姿勢我也不會怎麼樣，雖然現在我真的很想要有一個人來抱我，沒有任何原因只是在這個時間點特別需要被擁抱，跟肚子餓需要吃東西其實沒什麼兩樣，但是我一點也不想勉強他，沒有人抱我並不會像沒有食物一樣被餓死。

不知道過了多久，或許也沒有很久，阿杰慢慢轉身抱住我，很輕很輕的那一種，但他確實的抱住我了。我的手環住他的腰，他的味道很強烈的佔據我的嗅覺，昨天晚上那股流淚的衝動又浮現了，所以我又開始哭泣，這次我並不刻意壓低聲量，阿杰的手用力了一些，放任我恣意哭泣。

這場哭泣並沒有維持很久，大概一下子就結束了，但是我不想擦眼淚也不想鬆開手。

「我沒事，我已經沒事了……」很小聲但我想阿杰聽得見，「阿杰，我們去海邊好不好？上次你說風太大我們沒有去，可是我真的好想去海邊，不管是哪個海邊都好……帶我去海邊好不好？就這一次了，下次不會了……好不好……」

阿杰沒有說話，但是他的手緊緊抱住我。

08

我總是在想為什麼白色和黑色那樣極端的兩個顏色可以和諧的存在，黑夜和星星也是，如果不仔細分辨月亮也可以稱得上白色，而兩個站在相異兩端的人是不是也有和諧存在的永遠？

下午三點多，海邊，我坐在沙灘上看著前面那群人玩潑水遊戲，阿杰坐在我右手邊看著不知道哪個遠方，他一直都是坐在我右邊的，所以有時候我轉向右邊發現那個人不是阿杰就會感覺很奇怪，像是有人佔用了阿杰的位置一樣，所以常常我會坐在最右邊的位置，至少這樣我的右手邊不會有其他的人。

其實我不是很喜歡海邊，但因為某些原因讓我對海有了莫名的情感，有時候會浮現那種一定得看一看海的心情，或許我的書桌上特意擺了一個白色的貝殼就是為了讓自己在某些時候能夠感覺對海的貼近。我不喜歡海的原因大概是因為風，海風的黏膩會讓我有種掙脫不開的困擾，但是有時候我會一個人在海邊坐上一整個下午。這對我來說是個秘密。

我抓起沙子又讓它從我手上的縫隙溜走，一個人來沙灘的時候我通常玩著這個遊戲，我是不碰海水的，下午的沙會殘留太陽的溫度，手上溫溫熱熱的，如果早上或中午太陽強烈一點可能會感到灼燙，我討厭陽光所以總是挑不可能下雨的陰天，什麼事也不做甚至一本書都沒帶，就很安靜的坐在沙灘上玩著抓沙放沙的遊戲。

今天很剛好的是一個涼爽的陰天，如果今天出著大太陽其實也無所謂，因為我已經太久沒來海邊了。就算不是長假我也會利用週末到離學校最近的海邊耗掉時間，就像是地震定期釋放能量一樣，微量的定期的紓解過於龐大的壓力，但是這個暑假這是我第一次到海邊來，**可能是堆積太久的情感不得不釋放，會讓人不顧一切的找尋任何可以到達的方法。**

「你在看什麼啊？前面有什麼東西嗎？」我問著一動也不動專心盯著前方的阿杰，一點也看不出來他視線的落點究竟是在那群玩水的人還是那片海還是海之上的天空？就算我認真的看著阿杰也無法斷定。

「看海。」

海有什麼好看的嗎？但是就像抓沙放沙的遊戲一樣，我覺得很有趣但是亞美會覺得窮極無聊一樣，所以我沒有繼續追問，阿杰大概接著會說一些我聽不懂的話吧。

有一對夫妻帶著一個小男孩從我和阿杰面前走過，小男孩兩隻腳都沾上了沙子，大概剛玩水結束準備回家，小男孩臉上還有戀戀不捨的表情。從前爸媽也很喜歡在假日帶我跟佳佳到海邊玩，因為爸媽不准我玩水所以我跟佳佳都會帶著一整套的玩具來玩沙子，水桶鏟子耙子之類的塑膠玩具，我們會比賽挖洞或是比賽堆城堡，最後總會有一個人耍賴或是拉爸媽來幫忙。

爸曾經說，海是他最喜歡的地方，也是他童年記憶重量最重的一個部分，小時候他就常跟玩伴一起到海邊玩水，剛跟媽交往的時候也常到海邊散步，只是年紀比較大了之後就不常去了。至於為什麼不再到海邊爸並沒有多說，後來他也不再提起關於海的故事，也許因為媽不那麼喜歡海的關係吧。

我跟之前的男朋友也常到海邊來，要稱呼他前男友或是初戀情人其實差不多，想起他的時候我總是刻意模糊的想，沒有為什麼，單純就覺得應該這麼做。**過去的事情如果回想得太過清晰的話總會讓我感覺還沒結束或是可能會突然有些什麼接續一樣。**

我們會在週末騎著機車到海邊來，然後就肩靠著肩安靜的看著海，那時候我就已經開始玩抓沙放沙的遊戲了，他總是會看著我或者看著海，你在看什麼呢？每次我都這麼問他，但是他每次的回答都不一樣，有時候說看海有時候看人看天空，有時候他只是在發呆，但是不管我怎麼努力就是分辨不出來，「**妳有一輩子可以想辦法分辨。**」那時候他是這麼對我說的。

其實我很想告訴他一輩子可以很長也可以很短，至少對一個常常想著明天就會死掉的人來說是很短的，但大概是因為他這麼對我說，所以我開始想活得久一點，許下活到五十歲的願望就是和他一起許的，十五歲生日，如果我沒記錯的話。**那年生日他送我一個白色貝殼**，沒有特別漂亮也沒有特別珍貴的貝殼，他說是在常去的那個海灘撿的。

我的初吻就是在海邊給他的，其實是我主動親他的，那時候我對他說，如果我的生活跟著他那種緩慢的步調前進的話，大概到死我和他都還停留在牽手的階段。他跟媽一樣很不喜歡我提到死亡，可是不提並不代表不會發生，但如果我這樣對他說我想他應該會很難過，所以我不再提死亡也不再去想這件事，那時候醫生也告訴我，只要好好照顧自己身體就好。

其實我一直都知道自己並不會那麼容易就死去，只是長期被抑制的生活讓我時常想著死亡這件事，或許真正瀕臨死亡的人反而會想些其他的事情，因為即將來到的多想只是浪費時間而已。所以在我跟男朋友分手的時候我什麼也不想，因為這就是必然的結果。

「我們去撿貝殼好不好？不知道這裡的貝殼會不會被撿光光了。」

我站起來停了一會兒之後拍拍身上的沙子看著弓起腿坐著的阿杰，扯了扯他的手臂：「走嘛。」

他站起來還來不及拍乾淨身上的沙子我就拉著他往前跑，或許真的是堆積了太久，讓我想更貼近這片海灘。黑色的沙一點浪漫的美感都沒有，**但是它被賦予了我記憶中相當的重量之後變得特殊了起來**，任何地點任何東西都可以被記憶加工之後變得特別。

我彎著腰開始找著完整的貝殼，沙堆裡有太多碎片，我忘了穿上鞋子但這一點也不重要，我突然迫切的想找到一枚白色的貝殼。我知道真的找到一枚貝殼之後就會發現那一點也不漂亮，漂亮的貝殼通常是不會那麼簡單就被撿到，或許我就是藉此一點一滴消弭回憶所帶來的美麗，但又或許是更加深了回憶的不可取代。

海風依舊夾帶我討厭的黏膩感，簡單的開口閉口就可以感到鹹味，阿杰說那是因為吃到自己頭髮的關係，但如果不是海邊不是海風也不會這麼又鹹又澀。

沿途看見的盡是碎片，白色的碎片在黑色的海灘上，我總是在想為什麼白色和黑色那樣極端的兩個顏色可以和諧的存在，黑夜和星星也是，如果不仔細分辨月亮也可以稱得上白色，而兩個站在相異兩端的人是不是也有和諧存在的永遠？但是我討厭永遠這樣沒完沒了而且聽起來又敷衍至極的說法。

「快下雨了。」

我轉過身看著走在我身後的阿杰，他的右手提著我的涼鞋，我並沒有停下來而是邊倒著走邊看著他，當然阿杰沒有直視我，有時候低著頭看沙子有時候看向左邊看向右邊，大概也很少有弟弟會有想直視姊姊的念頭，要我盯著佳佳看我也撐不到五分鐘。

「那就淋雨啊。」

「先回家，下次可以再來。」

「下次……爸之前也是這樣跟我說的喔，可是他好像已經忘記了，所以會說下次這種話的人都是騙人的。」

「我下次會再陪妳來海邊。先回家，淋雨的話妳會感冒。」

「真的嗎？」我停下腳步認真的看著阿杰，在我停下腳步之後他依舊在那一小段距離之外，「你是說真的嗎？」

「嗯。」

雨已經飄下來了。這種雨大概要十五分鐘之後才會真正下下來，而騎車回家只要十分鐘，但是阿杰似乎是恨不得把我抓回家的樣子，他微微皺了眉，我不想惹他生氣所以伸手跟他要鞋子：「我要穿鞋子。」

接著我走在他的背後，我們離機車有點遠，所以走了一陣子才到，阿杰看了好幾次天空可能是擔心這場雨隨時會嘩啦啦的落下來。

阿杰第一次騎那麼快，載我的時候他從來沒有用過那麼快的速度，也許是真的很擔心我淋到雨吧。媽不准我淋雨，因為只要一淋雨我就會發高燒，只要我發燒媽就必須請假在家照顧我，所以我想如果今天淋了雨發燒了之後，阿杰可能也要請假回家照顧我。其實我一個人待在家也可以，但是他們就是沒有人會相信我。

但是雨比我預計的快太多了，還沒到一半的路途雨就刷的一聲打下來，我的背我的手臂感覺有點疼痛，因為快速前行所感覺到的風也讓我覺得冷，我的手緊緊抱住阿杰，他的溫度在我的臉頰和我的背後是明顯的對比。我好冷，所以我很用力的抱著阿杰。

我只是為了要取暖。

09

我順勢的靠在他的胸口，撲通撲通和緩的心跳聲彷彿能夠消除痛苦一樣。從我這個角度可以很清楚的看見媽正在切菜的側臉，她一定會看見這樣的畫面，阿杰要抱我上樓的畫面。

淋完雨之後我依舊是發了燒，而且是當天晚上就發作，本來我還想要一家人好好的吃頓晚餐，但最後我只能躺在床上喝著媽替我煮的稀飯。

媽遇見阿杰是在我們看完醫生回家阿杰正在停車的時候，媽手上提著菜就這樣僵直在原地，我知道這樣不期然的相遇以及我和阿杰不應該的組合著實讓媽感到難以接受，不知道有多久媽努力的扯出了笑容，我們終於擺脫了無法動彈的困境。

媽什麼都沒說的走到廚房煮晚餐，阿杰的存在已經是媽無形但結實厚重的壓力，但媽可以試圖說服自己忽略這樣的壓力，然而當阿杰真實的站在她面前，儘管她再怎麼努力也無法抹滅阿杰已經在她的生活裡是個必然的事實。

我的頭很暈。其實從海邊回來之後我就睡了一陣子，是開始發燒阿杰才帶我去看醫生的，醫生依舊誇獎了一次阿杰是個好男朋友，又說了一次按時吃藥好好休息很快就會康復的話，接著開了五顏六色的藥粒給我，那一個白色的紙袋裡的空氣都混著濃濃的藥味，光想像就令人作嘔。

坐在沙發上阿杰的藥還拿在手上，「妳臉色很不好，要不要先回房間休息？」

「我可以不吃藥嗎？睡醒感冒就會好的。」

「妳剛剛說不打針就乖乖吃藥。」

「我有說過這樣的話啊？」

我想起來那個醫生每次都會建議我打針的效力比較快，難過的感覺比較快消退，但是我怕痛，所以我不厭其煩的拒絕他的建議，我不想在我已經夠慘白的皮膚上還留下千瘡百孔。

「那我睡醒再吃。」

阿杰彎下身來準備扶我走上二樓，他手上的藥袋因此離我好近，近得讓我作嘔的心情更加明顯：「我走不動。你抱我。」

似乎是顧慮到媽的存在，阿杰站在原地猶豫了相當久的一段時間，依然是沒有動作。但是我真的走不動，或許其實我還是有力氣的，但是如果媽一輩子都沒辦法接受阿杰那麼是不是他永遠沒有辦法跟我們好好吃頓飯？媽到現在甚至沒有跟阿杰說過話，更別說喊過阿杰的名字。

但是誰都知道「王彥杰」這三個字早在第一次見面時就狠狠的烙在她的心上了。

「我好難過。」

阿杰深深的慢慢的呼了口氣，再一次彎下身來將我抱起，我順勢的靠在他的胸口，撲通撲通和緩的心跳聲彷彿能夠消除痛苦一樣。從我這個角度可以很清楚的看見媽正在切菜的側臉，她一定會看見這樣的畫面，阿杰要抱我上樓的畫面。媽抬起頭那一刻，雖然隔著一段距離但是我記得異常清晰，她的表情在錯愕之中夾藏了一些些害怕，但是我不明白為什麼媽的臉上會出現害怕的表情，如果是憤怒反而比較好理解。

「寶寶？寶寶怎麼了嗎？」

媽的鎮定裡摻了顫抖的線條，像是阿杰會把我帶離她身邊或是破壞掉整個家一樣，也許阿杰抱著我的畫面只是引線，真正的火藥早就已經完好的儲存在媽的體內，就算不是今天也有可能是任何一天，轟的一聲炸燬她所有的自我說服。

其實正在切菜的媽的心裡已經開始動搖了吧，關於為什麼我會跟阿杰一起回到家的這個問題，但是因為只是一起回家啊，所以她可以當作什麼都沒發生的煮著晚餐。已經夠久了，一個半月的時間已經夠久了，自私的我們就算這樣的震撼也體會不到阿杰一半的痛苦。

我不打算出聲。

「她發燒了。」

「發燒？」媽看見阿杰手上的藥袋了，「那……那……」

「可以請妳替寶寶煮點稀飯嗎？」

我閉上眼睛，不去看媽或者阿杰，這時候如果記下他們之間誰的表情都是很殘忍的一件事情，但是即使閉上眼我依然可以清楚的感覺到空氣中瀰漫的那股不安定感，阿杰的心跳聲因此而被放大，連他的呼吸我也能隱約聽見。媽離得有點遠，所以我只能聞到她身上的香水味帶著些許洋蔥的刺激辛辣味，我想媽現在的每個呼吸都異常的小心翼翼。

「嗯。」媽在一陣沉默一陣漫長的謹慎之中只發出了這樣的單音。

阿杰把我放到床上之後我很快就睡著了，是媽端著稀飯把我叫醒的，其實也不是，我聽見敲門聲的時候我就已經醒過來了，接著我聽見阿杰離開的腳步聲和媽坐下布料摩擦的聲音。我想阿杰是不會下去吃晚餐的，但是我聽見媽對阿杰說了「我幫你做了飯糰」這樣的話我就感到安心了，媽對每個對我好的人都會異常寬容。任何一個。

「小心燙。」

「嗯。」

然後我就安靜的慢慢的喝著冒著煙的稀飯。媽看著我，與其說是看著我倒不如說是隨著我手的動作游移，我知道她有滿滿的疑問，而且以媽的個性是不會向爸或是佳佳提起方才的畫面，太難以消化的畫面。

「寶寶……」

我看著她。稀飯喝了三分之一。我飽了。

「阿杰……妳跟阿杰…………」媽像是正在努力找尋適當的詞句來表達她的疑問，我當然知道媽要問什麼，如果我再保持沉默就太過分了一點。在我眼前掙扎的女人是我媽。

「阿杰帶我去看醫生。我淋到雨發燒了。」

這時候的媽是不會追問為什麼會淋到雨這樣的問題，而是，我跟，阿杰，為什麼會串聯在一起。

「但是……阿杰不是要打工嗎？」

「他中午有回家。」

「可是妳……阿杰……寶寶，讓妳一個人在家我也很不放心，但是……」

但是什麼呢？阿杰不是外人不是陌生男子不是意圖不軌的壞人，為什麼媽要表現出一副戒慎恐懼的樣子？既然害怕為什麼可以毫無顧忌的讓我們兩個隔著一道水泥牆生活著？

「妳到底在擔心什麼呢？」我看著剩下三分之二還微微燙手的稀飯，「阿杰是弟弟。」

就算沒有人願意承認，但這就是事實。就算全世界的人都當作不知道，但是它就是在那裡。

吃過藥之後我怎麼也睡不著，我用手背探了探額頭，燒已經退得差不多了，九點五十一分，我已經盯著天花板一個多小時了。

我翻身下床，刻意不發出聲音那樣的走，我沒穿拖鞋所以感覺有點冷，頭還昏昏脹脹的，打開房門之後發現阿杰房裡的燈還是亮的，距離他休息的時間還有三個小時，所以我打算找他取暖，雖然現在是夏天正熱的時候，但是我就是感覺冷。

敲了門之後我耐心的等著阿杰來開門，空氣是悶熱的但是我的身體微微顫抖著，冷和熱兩種知覺在我身上無法和諧，右手握住左手，這樣至少有一隻手能感到些微溫熱。

「為什麼不睡？」這是阿杰打開門之後對我說的第一句話。

「冷。」我走進阿杰的房間很自動的就鑽進被子裡，冷的，看樣子阿杰剛剛在看書，書桌上的燈是亮的，「我睡不著。」

「你可不可以抱著我睡啊……你可以躺著看書我不會吵你的，因為很冷所以來找你取暖……好不好嘛，我想這樣我的感冒會好得很快……真的，我不會吵你的，我會乖乖睡覺……」

或許因為我生病的緣故，阿杰並沒有猶豫很久就坐在我的右手邊讓我靠著他睡，「你不看書嗎？」

「不用了。」

「那我可以說話嗎？」

「嗯。」

「可是我突然想不到該說什麼才好，剛剛明明就有很多話想說的，大概是因為太溫暖了吧，有時候想說話也是為了要升高體溫的關係……阿杰你呢？你有什麼話想對我說的嗎？認識那麼久你很少主動說些什麼呢？都沒有話想對我說嗎？什麼都好啊，就像是說說打工的事朋友的事或是媽媽的事都可以啊……」

「我沒什麼想說的。」

「真的什麼都沒有嗎？」我爬起身來認真的看著阿杰，我們的臉靠得很近，身體幾乎是壓在他的身上，但是他的視線卻避開了我。沒有。他這麼對我說。

看著他微偏的臉，阿杰真的是很好看的一個人，**「如果十年後我能記住的就是你的側臉，那你現在能不能轉過頭來看我？」**

只是很小的角度，但是阿杰轉動脖子的速度慢得讓我感覺度過一個世紀那樣漫長，我也只是希望他轉過頭來看著我。在阿杰終於正面對著我的那瞬間，我的唇貼上他的，他的鼻息直接的在我的臉上發送著熱氣，只是很短暫的碰觸，阿杰很快拉開我的身體。

對看。

「這樣你才會認真的看著我嗎？」

我的聲音相當的平靜，關於這個問題在這一個半月裡不斷反覆的出現在我的腦中。**阿杰不留痕跡的疏離，不管我再怎麼努力的靠近或是忽略，那根本不是我所能彌補的距離。**現在。阿杰很快的離開水藍色的床，站在那樣適當但是刺眼的距離之外，用一雙含著複雜神情的眼看著我。

至少他這麼看著我了。不是嗎？

「妳該睡了。」

「如果要我離開你的房間你可以直接告訴我啊，不希望我再像以前一樣對你任性妄為你也可以拒絕我啊，就算是痛罵我一頓也好……不要用這種模糊的態度對待我，不要讓我看到還像從前的你現在卻疏遠冷漠。」

我很訝異我的聲音可以平靜得像是在陳述一件簡單不起眼的小事，我起身走到阿杰面前，一小步的空隙，冰涼的地板滯悶的空氣甚至是我暈眩的腦袋，這些都不重要，我所有的專注力都投注到了他的身上。我很認真的盯著他。

「你只是在逃避。」

「這樣對我們都好。」

「對我們都好？」我喃喃的重複著他的話，「你只是在騙自己。我也是。這樣只是讓彼此更加痛苦而已，如果你覺得只要我們兩個當作從來就沒有什麼的話，如果你覺得只要我們兩個承擔下來就好，那是不可能的，我沒有你想像中的堅強，我也沒有你所認為的那種偉大情懷。」

他很痛苦的看著我，「以前都過去了不是嗎？就算以前……」他深深吸了一口氣，「但是都過去了不是嗎？」

是啊，都已經是過去了，只要我們兩個裝作什麼都不知道，就會安然無事的，但是我沒有辦法這麼做，我沒有辦法看著阿杰然後假裝什麼事都沒有。

我用一隻手抓住阿杰的左手，「只要其他人不知道……」

「妳不要這個樣子。妳好好休息好嗎？妳的燒才剛退。」

「是因為我吻你的關係嗎？這麼令人討厭嗎？」

他又深深吸了口氣，這是他和緩情緒時的習慣動作，**三年前他在這樣的深呼吸之後選擇沉默**，現在，如果他依舊不打算開口，或許我會因而開始恨他。

「我們不能。」

「不能？」我笑了，不知道為什麼我就是笑了，「因為是姊弟的關係嗎？我一點也不介意喔，只要不要讓其他人知道就好了不是嗎？」

「這不是我們能夠決定的事情，這會傷害到其他人。」

「其他人？你從來就不會考慮自己。你受到傷害就沒有關係嗎？」

「不要這樣好嗎？……我們是姊弟。」

「姊弟？」我沉默了一陣子，也許只有十秒鐘那麼長，「我們從前做的不只是接吻這種簡單的事情而已呢。」

「那時候我們並不知道這些……」

「不知道就沒有關係嗎？只要不知道就什麼都可以做了嗎？那只要我們裝作不知道……」

「這不是我們裝作不知道就可以忽略的問題。」他又深深的吸了口氣，

「我不想讓妳受到傷害。」

因為這句話。因為這句話我的眼睛感到微微刺痛。「所以你受到傷害就沒有關係嗎？」

「阿姨他們很愛妳，不要傷害妳自己，也不要傷害他們……那都已經是三年前的事情了。」

「這樣不是正好嗎？我一直在拖累爸媽他們，甚至連你也是，如果我因為什麼事情而死掉的話，說不定你們每個人都能夠得到解脫。」

「沒有人會這樣想。妳……」

「重點不是在這裡，是我，跟你。」

在「我跟你」和「我們」這兩個乍看之下相同的關係，卻隱含了太過巨大的相異，在細微的差異裡逐漸分化擴大，最後就會徹徹底底的互相背離。

「我們真的不能這樣，寶寶，不管怎麼樣我們是姊弟已經是事實。」

「事實又怎麼樣……沒有人想承認不是嗎？不管是誰，是你是我還是爸媽都沒有人想承認這件事情。媽甚至看到我們在一起還會露出害怕的表情，你也看到了不是嗎？這樣你還在乎會傷到他們嗎？」

我們之間突然被沉默包圍。我和阿杰的對話如果不注意內容也不觀察表情的話或許會被猜想為討論電視節目這類的話題，太過冷靜的語調，阿杰從來就不會對我用高分貝說話，就算在這樣我惡意激怒他的場景之下，他依舊可以保持他和緩的聲音，充其量只是他必須多做幾次深深吸氣的動作。

終於他開口了。

「如果，妳不去愛我們怎麼知道我們有多愛妳，妳又怎麼知道這樣會造成多大的傷害……」

我鬆開抓住他的手，他沒有轉開頭而是閉上眼睛，我知道我成功了，我成功的破壞了我和阿杰之間微妙又危險的平衡了。

「妳早點休息。」

我沒有看他，但是我聽見他的腳步聲，關門，接著是他的機車聲，最後是全然無聲的夜。

我慢慢的在床沿坐下，當阿杰在門口遇見媽的那一刻起我就開始預謀破壞，再這樣下去我一定會綑綁住阿杰而無法放手，所以我必須讓阿杰主動離開我，因為單憑我的意志是無法鬆手的。造成阿杰最大傷害的一直是我，就在我不願傷害他的希望之中我不斷的傷害著他，三年前是這樣，但是三年後的我卻是預料之外。

或許是一種懲罰。

10

我從來就沒有正視過「阿杰是我弟弟」這件事，而是把他當作「以前的阿杰」看待，因此在我吻他的那一刻我一點也不感到罪惡，或許那時候我是想完全摒棄掉這個事實。

從那天之後我沒有再到阿杰的房間，除了中午他不再回家陪我吃飯之外，我照常做些無聊的事情或者和亞美阿伸出去，而昨天是星期三，也就是亞美出發到北海道的日子，所以從今天開始的一個星期裡我的生活大概會有著微妙的差別，至少我不是那麼想跟阿伸單獨出門。

但是我今天約了阿伸，我想五分鐘之內那帶著雜音的古典樂門鈴聲就會響起來。

那個晚上阿杰關上門之後的時間並沒有因此流動得比較快或是比較慢，我就這樣坐在床沿看著秒針規律的一格一格跳動，接著是分針和時針，雖然我感覺時間在引擎聲消失無蹤之後的靜默裡是凝滯的，但是一直到早上七點秒針始終維持著相同的間距和速率移動著，那樣的速率並不會因為誰的悲傷誰的快樂而改變，**我們早就該認清這是一個無情的世界。**

在阿杰的床沿，殘留著他的味道卻沒有溫度的房間裡，最深切的體認通常在希望堆疊最高的地方。

我已經七天沒有見到阿杰了。今天是第八天的開始。要避開一個人是太過輕易的一件事了，就算是僅僅相隔著一道可以簡單被聲音穿透的水泥牆的我們，但是在那天之前，我從來沒想過阿杰有一天會刻意避開我，誰都有可能這樣對我但絕對不會是阿杰。

然而這樣的絕對不過只是我沒有依據的相信。「相信」這種事往往輕輕一捏就可以被徹底摧毀。

在我想著我已經一個星期多沒有見到阿杰的時候阿伸已經到了。門鈴聲這時候才響起來，但是我的耳朵在他熄火之前已經注意到了引擎的暴動，**那天之後我的聽覺對於機械性的聲響顯得異常敏感。**

在旋開門把的那一個瞬間，我明白站在門外等著我開門的人已經不會是阿杰了。三年前和三年後，到底是不能用哪個習慣哪個姿勢來斷定改變與否，或許阿杰並沒有真的完全改變，而是不得不。不得不，呵，姊弟這兩個字無形的鞭笞著他，以及我。

「嗯，妳想去什麼地方嗎？」

阿伸問的這種問題讓我差點對他說我身體不舒服這樣的話，但是是我打電話約他出來的，很明顯的他在接到電話時有著訝異的情緒存在，或許他因此感到開心，然而我卻在打開門看到他之後有了想關上門的衝動。是我約他出來的，我重複的告訴自己。

「找個飲料店吧，只要能坐下來說話的地方都好。」

坐上機車後座到飲料店的距離之中我並沒有留心阿伸正在賣力的說些什麼，我在移動式之中努力的看著阿伸的背，白色襯衫的背後是硬式的空白，我的腦袋卻因此混亂了起來，對於這樣空白的背我一點想要探究的好奇心都沒有，不管我怎麼努力的盯著，我所想的並不是「這個人在想些什麼」之類的問題，而是一片不想看但不得不認真看著的混亂感。

阿杰。

混亂之中其實我想的是他。這一個星期以來我夜晚的聽覺依然和他同步生活著，浴室的用具也是兩個人和諧的擺放著，但其實我們兩個人在某種意義上是錯開的，而且是比對爸媽他們更刻意的錯開。

在那天之前，我從來就沒有正視過「阿杰是我弟弟」這件事，而是把他當作「以前的阿杰」看待，因此在我吻他的那一刻我一點也不感到罪惡，**或許那時候我是想完全摒棄掉這個事實**，只是心裡自我欺騙式的打著「解決事情」的想法，但是事實不是想丟掉就可以丟掉的。所以現在我不得不在我的思考之中置入這個事實。

也因此我開始感到罪惡性的疼痛感。

我跟阿伸走進了這間沒什麼人的飲料店。因為妳說想說話所以我找了一間比較沒人的店，但是飲料不難喝，阿伸笑著說。嗯。其實有沒有什麼人對我來說並不重要，就像阿杰說的，我一點也不在乎周遭的人是怎麼想的。

我點了檸檬紅茶。阿伸喝什麼我沒仔細聽，或許他跟阿杰一樣會點熱可可，通常那杯可可會是我喝下的。所以檸檬紅茶其實是阿杰愛喝的，在我攪拌完冰塊之後我們就會交換冰的和熱的杯子，不知道從什麼時候開始就這麼做了。可能阿杰知道我總是覺得他點的餐點比較好吃。

「怎麼了嗎？呃，我是說，因為這是妳第一次約我出來。」

「嗯。」我停下攪拌的動作，「你喜歡我對吧。」

我用的不是問號而是句號，所以這句話對我來說不管阿伸的回答是什麼都只是簡單的陳述句而已，但是如果阿伸否認的話說不定會比較好一點，但是我知道阿伸是不會否認的。不為什麼，就是直覺。

「嗯。我喜歡妳。」

「你想跟我交往嗎？」

「小米……」

很顯然的我的話對阿伸來說太難以消化了，但是我不打算停下來等他平靜下來，如果現在中斷的話或許我會立刻打消念頭也說不定，但是阿杰，阿杰的臉出現在我的腦中，讓阿杰主動離開我是不夠的，我必須做得更徹底一點，不管傷了誰都無所謂，因為我已經傷害阿杰太多了，所以我會用盡所有方法讓我打消靠近阿杰的念頭。

「雖然我現在並不喜歡你，但是我想我可以試看看，當然這對你不是很公平，所以由你決定。」

我知道這樣很自私，幾乎每個人聽到自己喜歡的人說這樣的話都會湧現一股「我相信能讓他喜歡上我」的念頭，但是說到底主導權始終都在那個丟球的人身上，所以這樣的開頭只是為了我的自私，畢竟到了最後我依舊能夠以「對不起我努力過但還是沒辦法喜歡上你」這樣的話來開脫，所以「由你決定」這四個字根根本本就是為自己預留的後路。

我低下頭繼續攪拌著已經融化一半的冰塊，因為被稀釋的關係所以顏色變得更加透明，五十元的價格就這樣在我的旋轉之中浪費殆盡，正如同我的人生，濃度並不是在增加，而是隨著時間隨著我的生命拖曳而更加的被稀釋，或許有些人選擇記憶，但是我想我已經不自覺的走向遺忘這條路。

我所做的事情並不是為了記得，而是為了忘記。

「小米……我……我會努力讓妳喜歡上我。」

……我會努力讓妳喜歡上我。

我很努力的想扯出一個微笑，但是究竟那樣的肌肉扯動阿伸看起來會不會像個微笑我是不會知道的，只是我無意義的攪拌之中，無辜的阿伸到底是被我拉進了這個漩渦。這世界總是充斥著無辜的人。

但是我想阿伸最後總會明白的，愛情並不是能夠被努力征服的。

之後阿伸到底說了些什麼我一點印象也沒有，只是在他聲音裡透露的喜悅讓我感到灼痛，在他的愛情之中註定要被傷害，阿杰也是，或許追根究柢是因為我，因為他們兩個人的愛情，都是我拿著刀狠狠的拉開一個傷口。

我要阿杰因此記住我。

但結果卻是我先必須狠狠的將他刻在我的胸口。

11

在彼此擁抱的時候，左邊和右邊同時感覺到心臟的跳動，只有那個時候人才是平衡而完整的。所以只有你能夠讓我感到完整。

「你知不知道為什麼心臟不是在正中間？」女孩玩著男孩修長但略顯粗糙的手掌，一條長長的感情線，也許，女孩這麼想著，也許她會是那條紋路的全部。

男孩側過身認真凝視著。他看見的是短髮垂落在頰邊，那個用手指描繪著他的掌心，用著輕輕的聲音說著話的女孩，她的聲音她的味道甚至只是黑色短髮的畫面，他明白終有一天女孩會離開，所以他總是很認真的想記憶關於她的線索。

「不知道。」男孩說。

「因為啊，」女孩抬起頭來注視著他清澈的眼，兩隻手依舊握著他的掌心，「那是要讓我們知道一個人有多麼的不完整。」

……不完整。

女孩輕輕擁抱住男孩，「你知道嗎……在彼此擁抱的時候，左邊和右邊同時感覺到心臟的跳動，只有那個時候人才是平衡而完整的。所以只有你能夠讓我感到完整。」

男孩不會忘記，就算不是如他一般的認真記憶，他也不會忘記那個星期六的午後，一個晴朗無雲的午後，海浪的聲音海風的味道是永遠無法被取代的那一個瞬間。那一刻他寧願相信，所謂的永遠不過就是個瞬間。

所以他想著，缺了一半的人不管如何都會記住曾經擁抱的完整。就算有一天他或她擁抱著另一個她或他也不會改變。

男孩替女孩撿了個白色貝殼，在黑色沙灘埋了一半的美麗貝殼，「如果不能看到海的時候就看著貝殼，它會讓妳想起關於海的記憶。」

男孩不是個善於說話的人，所以他將這些話放進信封連同貝殼一起。十五歲的青春，太過青澀的愛情，或許會因而更加無法被拭去，但是他不去想，如同女孩毫無保留的將自己的愛情給予他一般，其實彼此都是自私的，都設法讓這段記憶顯得特別而無法輕易被忽略。

「阿杰……你會不會永遠記住我？」

女孩並不看他，逕自捉起微溫的沙又讓沙滑出她的掌心。男孩沒有回答，這是個不需要回答的問句，他們會用一生來證明答案，關於永遠這樣顯得太過渺茫的字詞，我討厭那種什麼都不知道的東西，女孩曾經這麼對他說。

「如果十年後我能記住的就是你的側臉，那你現在能不能轉過頭來看我？」

午間新聞重複著昨天晚上的內容，一顆紅白色的膠囊從桌面上滑落，我看著它滾落一點也沒有撿起來的打算。已經兩個星期了。我的暑假也只剩下兩個星期，開學之後我跟阿杰會因此自然地各自離開，或許阿杰會因為不必再刻意避開我而鬆一口氣，但不管我如何揣測依然是不會得到答案。

我把藥直接丟進了垃圾桶，連同那顆膠囊。**兩星期來我沒有吞進任何一**

顆鮮豔的藥粒，這時候我才感覺到原來醫生開給我的藥多多少少是有用的，例行性複診時難得看見醫生皺眉要我多注意，並不是刻意要弄壞自己的身體或是什麼，只是當初許下的願望已經沒有著力點，變得搖搖欲墜。

自從阿杰中午不再回家我也很輕易的就放棄了午餐這件事，對我來說根本沒有什麼該做或者不該做的事情，即使我明顯感覺到自己的體力越來越差，然而我卻有一種異常放鬆的感覺。或許是一種為了自己的罪惡代償的心態。

我的頭昏昏沉沉的，半睡將醒的狀態一直持續著，午間新聞結束之後是八點檔的重播，男聲女聲錯落著，幾點了呢？但是我並不真的在意時間，只是阿伸會在兩點半的時候來接我，亞美明天才會回來，然而我突然想起來現在的我和阿伸已經在某種程度上必須被稱作「我們」。

阿伸是個很積極的人，那天過後他像是跨越了某種障礙一樣每天電話簡訊的說著今天明天，走在路上並肩走著的我和他應該很自然的就被認定是男女朋友吧，但是當阿伸嘗試想牽起我的手時我總是不自覺的躲開。我需要時間，我想。

是阿伸。引擎聲剛歇門鈴聲就響起，但是在這樣混雜著各式各樣聲響之中，我卻異常清晰的聽見心臟的跳動，或許那只不過是我思緒的一股脈動，**然而我聽見的並不是我的。**

坐上了阿伸的車，他依舊是賣力的對我說著話，今天他穿了一件淡藍色的上衣，背面寫著NO WAY，用著一種很奇妙的字體，鼻尖隱約聞到阿伸的沐浴乳香味，在空氣污染之中顯得極端不協調。**我抓著他的衣襬，因為要去**市郊的溪邊玩所以要先去超市買零食和飲料。

超市的冷氣異常低溫，我和阿伸走到零食櫃抓了幾包餅乾，接著到飲料櫃拿了一瓶茶飲一瓶礦泉水。阿伸繼續對我說著話，也許是餅乾也許是飲料也許是他的家人也許是他的狗也許是他的工作，但他的字句都被我套上了「也許」，我沒有辦法，我沒有辦法讓自己專心的聽阿伸說話。

越靠近我只會發現我多麼的沒有辦法面對我身邊的這個人。

「阿伸。」

「怎麼了嗎？」

「你是用哪一牌的沐浴乳啊？」

逕自走到盥洗用品的架旁，一整排滿滿的沐浴乳不同的香味充斥著，但是我的嗅覺卻異常敏銳的引我走到了某一個定點。

「這牌。」阿伸指著黑色瓶身的沐浴乳，在我視線的左方，「我是用這一個牌子的。」

「我覺得這瓶的香味聞起來好舒服。」我指著我再熟悉不過的沐浴乳，說。

這個味道在我的記憶之中佔去了將近四分之一個長度，隨著時間拉長它所佔的比例只會越來越大，我說，你身上的味道好好聞喔，起因也許只是因為這樣的一句話。當他第一次走近我身邊的時候，狹小的空間之中任何的味道都輕易的會被記憶。

「只是沐浴乳。」

「可是不管是什麼，反正是個舒服的香味。」我看著他的側臉，「你為什麼要低頭啊，而且還是側身，說話要看著對方喔……不過我也跟你一樣，我不喜歡看著別人的眼睛……但是因為是我在說話所以你要看著我。」

我拿起一瓶白色瓶身的沐浴乳，然而很直接的我發現我無法承受那樣的重量，輕輕的放回架上，我知道阿伸非常在意我所說的每一句話，所以或許下次見面的時候他的身上就有了那瓶沐浴乳的香味。

我真是個自私的人啊。

「走吧。」

有些時候看著阿伸我會感到些許的罪惡感，像是在指責自己不應該拖他下水，然而只要想起阿杰就彷彿這一點也不算什麼，也或許是當初的那句「由你決定」讓我找到一個可以推卸的出口。我也想過要努力的試著接受阿伸，雖然我打從一開始就知道我不可能喜歡上他，但是接受一個人和喜歡上一個人本來就是可以被分開的兩個部分。

或許我從以前到現在都是這樣的自私又不負責任吧。當我看著阿杰的時候會強烈的這麼感受到，但是因為阿杰總是默默的包含我的任性，所以漸漸的感到習慣，而等到我發現的時候已經來不及了，**我已經在不經意之中傷害了許多人，當然也包括我自己。**

「欸，你喜不喜歡我啊？」

阿杰正在幫我做下星期要交的美術作品，美術一向是我最不擅長的東西，也說不定是因為對於美我有著扭曲的觀感所以總是不被欣賞吧。總之阿杰很專心的撕著紙，在四開圖畫紙上貼出圖案來。我記得題目好像是幸福還是愛之類無聊的題目，阿杰用了很多粉紅色，大概是想讓圖案看起來像女孩子的作品。

「欸欸欸，還是你喜歡哪個女生啊？反正有那麼多女生喜歡你，不管你喜歡誰都很容易就可以被接受吧……對了，昨天那封情書的主人我今天看見了耶，還滿可愛的，聽說很多人追喔，不過文筆實在不是很好，但是男孩子應該覺得女孩子可愛比會寫情書還要重要……你有沒有在聽我說話啊……」

「我在聽。」

「可是你沒有回答我。」

「我不喜歡她。」阿杰又撕了一張紙。這次是桃紅色。

「那你喜不喜歡我啊？」

阿杰的動作停住了。接著本來就只有我和他的房間裡剩下電風扇轉動的聲音，我聽見呼吸聲但不知道是誰的，我看著他的側臉，猜想著阿杰的心思。阿杰並不像一般的十五歲男生那麼簡單易瞭，所以我很仔細很仔細的想從他的半邊的表情中讀出些什麼。沒有。我什麼都解讀不出來。

「那我們交往吧。」

那時候阿杰甚至連回答都沒有，但是從那一句話結束之後我和阿杰就變成了男女朋友。因為我的話是句點，而不是問號。

阿杰和我的交往之中有多少是出自於他自我意志這樣的問題我通常是忽略的。如果不那麼自私那麼阿杰就不會在我身邊。所以我會感到罪惡也會感到自己的任性，但我從來就不後悔這樣的舉動，因為阿杰是不會放任自己不喜歡的女孩子，至少到現在我還是這麼認定的。

「到了。」

下了車之後我把安全帽遞給阿伸，看著他彎腰的身影，我咬了咬下唇，盡可能的放大聲量：「你想不想抱我？」

「小米……妳說什麼？」

阿伸轉過頭來看著我，我必須花費很大的力氣去抑制我想轉開的衝動。

阿伸是個好看的人，對我這種膚淺時常以貌取人的人而言這或許是願意和他說話的原因，並不是每個亞美的朋友我都會搭理，可能也是因為這樣所以亞美總是希望撮合我和阿伸，我想亞美絕對不會願意相信我居然是一個那樣膚淺的人。

「你想不想抱我？」

溪邊有其他的人，嬉鬧的聲音充斥在我耳邊，本來阿伸提議要去海邊的，我討厭海邊，我這麼對阿伸說。不管之後我跟阿伸會變成什麼樣子，可能我就這麼一直待在他身邊了，**但是無論如何我就是不想和阿伸單獨到海邊**，更何況是以「男女朋友」的身分。

阿伸像是在醞釀勇氣一般，很認真的看著我，不知道過了多久，也許十分鐘，又也許只過了一分鐘，但對於這樣不擅長直視著別人眼睛的我而言是相當漫長的。我跟阿伸站在原地對看著，有著截然不同的心思，我猜想如果阿伸知道我腦袋中轉著的念頭，也許會深深的受到傷害吧。

但是一開始，他就注定受到傷害。

終於阿伸走近了我。伸出手像害怕傷到我一樣輕輕擁著我，我的手不自然的垂放在兩邊，無論我怎麼說服自己就是沒有辦法伸出手環抱阿伸，我閉起眼睛，鼻尖繞著的是我從來就不習慣的香味，我聽見心跳聲。

曾經我告訴阿杰，人都是不完整的個體，我們都在等待一個能和我們相吻合的人，唯一一個，並不是一生中只存在著一個人，而是每一個階段不可能有相吻合的兩個人共存著。辨別的方式異常簡單也格外困難，只需要一個擁抱，而又不只是一個擁抱。

所以即使是被阿伸這樣抱著的我也依然無法完整。

12

阿杰的出現成為空城窗外的騎士，拋上了一條繩索，然而因為我的膽小使然，並非我攀著繩索逃出空城，而是阿杰拉著繩索一步一步攀爬而上。

十七天。隔了十七天我終於看見阿杰。

在這之前我總是想，三年那樣漫長的日子我都可以將他秘密式的收藏著生活，然而我終究無法順利的說服自己，因為我和阿杰的關係已經不那麼單純了，我們之間混著各式各樣的味道，太過複雜的心思，而太過單純的我們的愛情在之中顯得格格不入而備受傷害。

之所以離開他都是因為愛他。三年前是因為我的自私，三年後是為了放開他。

客廳裡沒有人，現在是十一點四十分，我是刻意坐在客廳等著他的。

「你回來了。」

「嗯。」

坐在沙發上的我轉過身看著阿杰，我很認真的看著他，在那一瞬間他依然是側過了頭，或許注定我就必須這樣記憶住他的側臉。在保健室見到他的第一眼同樣是他的側臉，看不見他的眼，抿緊的唇如同他一般沉默，如果那天我沒有開口，會不會今天的我們還能夠和樂的成為姊弟？

但是我想即使不是在保健室，也會在任何一個地方，我終究會主動靠近阿杰的，有些事情是已經注定好了，不管我們怎麼掙扎到底也只是改變形式，並不能改寫所謂的結果。

而且所謂的如果，就是沒有辦法被實現的叫做如果。

分針不知道移動了多少，我回復了原先的姿勢，重新凝望著我眼前的那座空城，阿杰不該是空城內的角色。

「晚安。」我說。

阿杰在原地站立了很久，久得幾乎讓我壓抑不住想走近他的衝動；然而他離開了，他一級一級走向那塊我們共同擁有卻又距離遙遠的時空。一道水泥牆是什麼都隔不住的，對於貼著牆壁入睡的我而言卻異常的悲哀。**我必須在那麼近的距離裡讓自己放棄。**

晚安。我這麼對阿杰說。

這座空城最後只剩下我這個流離失所的流浪漢，被困在看似可以自由來去卻無法脫身的廢墟之中，或許之所以不能輕易的放開抓住阿杰的手只是因**為我的寂寞**。不管爸媽或是佳佳，生活在同一個空間裡的我們，我們，即使我這樣稱呼著，最後**我總會以某種形式被隔絕在外**，縱然是將我獨自一人安置於二樓的房間這樣的小舉動，都讓我深深受到傷害。

雖然我不斷的說服自己那是爸媽的貼心，然而，**那樣的小心翼翼，太過小心翼翼，讓我們之間始終隔了一段貼近而無法跨越的距離。**

而阿杰的出現成為空城窗外的騎士，拋上了一條繩索，然而因為我的膽小使然，並非我攀著繩索逃出空城，而是阿杰拉著繩索一步一步攀爬而上，只是我怕城中的風景太過貧瘠而同樣的困住了他，而我或許也不是騎士找尋的公主，我是愛他的，不管就任何意義而言都是，所以三年前在他即將到達窗邊我便解開了繩，而三年後他途經空城外的門，在我的猶豫擺盪之間，終於他還是離開了這片荒涼。

我所說的離開。阿杰在門外決定遠遠的離開這座空城，也背向了我。

「寶寶。」

「爸？」當我打開房門看見爸的時候或許有些訝異，然而我卻湧起一股強烈的不安。

下午三點二十分，上一次爸這麼早回家是為了要告訴我阿杰的存在，那麼這一次，阿杰？

爸坐在床沿低著頭似乎在思考著該如何開口，坐在椅子上的我就這樣看著他的側臉，這些日子來我開始想著，或許記憶一個人的側臉會遠比正面清晰的畫面來得難以忘懷，「失去的永遠最美好，得不到的也是」，那麼我想記不清的可能也有著相同的道理吧。

「寶寶……」終於爸開口了，「昨天阿杰來找我。他說他開學之後打算搬去加拿大跟他媽媽一起住，申請學校的事情他已經準備得差不多了……他也只是來通知我，並不是要我給他意見或是同意，我也知道他告訴我只不過是因為禮貌上的問題，但是他畢竟是我的兒子……雖然我一直到這個夏天才知道這件事情，但終究他是我的兒子，妳媽媽態度也開始軟化，還告訴我說不定阿杰可以照顧妳……事情太突然，而且阿杰看來很堅定，妳媽媽說妳跟他好像處得不錯，所以……

「所以說不定寶寶妳跟他談談之後他會改變心意，我知道這樣或許有點自私，但至少能讓我不是在這種相互陌生的狀況之下見到了我的兒子又讓他離開……如果他就這麼去加拿大的話，可能永遠都不會回來了，可能……可能以後就再也見不到他了……

「或許妳能跟他談一談，如果他要離開台灣的原因是覺得不適應這個家的話，那是因為我們每個人都還在消化這個突如其來的消息，其實我們是很歡迎他的……你們年紀一樣你可能會知道他在想些什麼，所以妳可以找個時間問問他原因嗎？既然他一開始那麼堅持不去加拿大，所以其實他也想留在台灣的吧……」

爸後來說的話已經沒有什麼條理了，像是在說給我聽，又彷彿只是在說服他自己；我忘了我到底回答了他什麼，又或許從頭到尾我都沒有出聲。但這些並不重要，我看著他關上門的背影，有那麼一瞬間我想告訴他我跟阿杰之間的事情，也許他就能徹底明白阿杰為什麼要選擇離開。

並沒有什麼需要猶豫的，阿杰只不過是做了離開空城這樣簡單的決定罷了。

「**如果他就這麼去加拿大的話，可能永遠都不會回來了，可能……可能以後就再也見不到他了……**」

我感覺身體有些熱燙，大概是發燒了吧。可能是因為吹了一個下午的風，因為落地窗忘記關上，但是即使窗這麼打開著，騎士已經不打算拋出繩索也沒有什麼意義了；也可能跟這幾個星期來沒吃午餐又不吃藥有關，但是沒有人發現，**或許小心翼翼裡不包含關注這一個項目吧**。

這幾天我又開始想起死的問題。可能我會死掉，如果死掉的話就不會那麼難過了，但這樣是膽小鬼的行為，阿杰可能會因此討厭我，爾後一生對我抱著又討厭又沒有辦法忘掉的情感生活下去。只是對於現在如同流浪漢的我而言，如果突然死在公園裡的長凳上也許會有路人報警，但是他們抱著的並不是「好可憐喔這個人」這樣的同情心，而是「怎麼會挑在這樣的公共場所」這樣略帶嫌惡的心態。

可能爸媽在掉眼淚的同時會感覺到一股放鬆的心情。

我想起我之所以會坐在客廳裡等著阿杰大概是為了要挽留他，畢竟爸是這樣拜託我的，然而最清楚阿杰不可能留下的是我，爸拜託我這樣的舉動看起來太可笑，因為要是我開口的話只會加深阿杰的決心。

「如果有一天我一定要離開你的話，你會不會難過？」

阿杰握緊我的手，**可能我這麼問他是想要聽見他在乎我的回答**，我知道阿杰對我很好，專心的注視著我細心的照顧著我，很多事情都將我擺放在第一位，**然而他從來不說，喜歡之類的字他從來沒有對我說過**；這時候我總會想起來，他也只是安靜的變成了我的男朋友，所以我不斷的試探他，像是全然看不見他為我做的事情一樣，可能我也只是想聽到他的聲音對我說，「我喜歡妳」這樣開始交往的初衷。

但是我從來，我從來就不會對他說「說你喜歡我」這樣的話，要是我這麼說我想他會開口的，可能我也不會這麼不安的作弄著；然而我希望這句話，是由他主動這麼對我說。

「如果妳這麼決定的話。」

阿杰是這麼回答我的。直到那一個瞬間我終於發現阿杰的存在對我而言太過重要，但是我沒有哭，我不打算哭，只是那年夏天我終於決定離開他。

「我們分手吧。」

如果在我最愛他的時候離開他，那麼我就可以一輩子都狠狠的記住他吧。那麼他也會同等的無法忘記我吧。然而那不過是自欺欺人的說辭，說到底我滿心都盼望著阿杰會對我說「不」，對我而言這是個冒險的賭注，所以我看著阿杰，異常認真的看著他。

但是就如同我們的開始一般，我說了「我們交往吧」這樣的話，結束也是因為我說了「我們分手吧」這樣的話，阿杰就是沉默的看著我。

阿杰總是太過尊重我的決定，只要我說出口的話他都會接受，但是為什麼連這種事也要安靜的承受呢？那麼為什麼我要賭氣的說出這樣的話呢？在我這樣一邊想著的時候，其實我是可以回頭裝作什麼事情都沒有發生，但是我沒有，自此三年裡，阿杰，成為一個秘密。

只是不管我怎麼努力的想要忘掉，那天的畫面我卻時常反覆的想起，在我轉身，開門，關門，這樣簡單的動作裡，我花了三年的時間還是無法擦拭掉，或許是因為那幾步的距離走得太過複雜，每一個毫秒裡都重複著我希望阿杰喊住我的期盼，然而落空之後的希望往往會讓人花上一輩子來哀悼。

我在想，其實阿杰是愛我的吧。那麼在我身後看著我的背影的阿杰，看著我打開門的阿杰，看著我關上門的阿杰，經歷著整段我離開的劇碼的阿杰，究竟是抱著如何的心思？

在關門離開的那一個瞬間，連同我的愛情，也一併關在那一個畫面。

13

我所說的是，對不起，關於我的無法放手以及，我刻意讓他不得不記住我的一切作為。

醒來的時候發現並不是在我的房間。

四周是一片荒蕪的白，難聞的藥水味，和我左手腕上拉出的塑膠管，安靜的空間裡只有我一個人，我太明白這裡是醫院。

幾點了呢？這裡沒有時鐘，但是對我來說不管幾點也沒有多大的差別，依窗簾也擋不住的陽光判斷可能是靠近中午的時刻，接著我盯著什麼都沒有的天花板，身體癱軟使不出任何力氣，我也就放棄所有移動的可能，然後我開始回想，至少我的腦袋沒有跟背景一樣空白。

我想起了昨天爸對我說的話，阿杰的側臉，還有三年前我離開阿杰的畫面。我的身體又開始發熱，可能我是在客廳沙發上睡著了，也說不定是昏倒，是爸呢？還是媽？我想應該是媽發現的，媽會緊張的喊著爸，然後他們就小心翼翼的把我送來醫院，佳佳可能也一起來，然後醫生皺眉說要住院觀察，只是我不會死掉，因為只不過是發燒而已啊。

我聽見轉動門把的聲音，我猜待會兒走進來的是媽，她又為我請假了吧。這陣子媽的公司似乎特別的忙碌。

不是。我的猜想完全錯誤。

扭轉著脖子的我，看見的是阿杰的身影。**是方才不存在於我所有猜想情節裡的人。**

「好一點了嗎？」

阿杰手上拿著一瓶熱牛奶，他輕輕的扶我坐起，「喝點東西會比較有體力。」

我看著阿杰，任由他把牛奶放到我的手上，他的手若有似無的碰觸到我，我分辨不出那究竟是牛奶的溫熱還是阿杰的體溫，**然而在藥味太過刺鼻的醫院裡我聞不到阿杰身上的香味**。我極為緩慢的喝著牛奶，空氣有一種難受的凝滯感，阿杰距離我不到三十公分，之後，他會距離我多遠呢？

「爸說你要去加拿大。」

「嗯。」

「是因為我的關係嗎？」

阿杰沒有回答。可能因為他太善良的關係，所以不想讓我感到罪惡，畢竟因為我的緣故而打亂了他的生活以及他的未來，我知道其實他是不願意到加拿大去的，不管是為了王阿姨，或是因為他自己，但是卻因為我的任性和自私而通盤翻覆。

為什麼不指責我呢？我時常都想激怒他，或許在他的怒罵之下我會感到不那麼疼痛；但是沒有，那樣溫柔的阿杰連高分貝的對我說話也不曾有過，又有可能是因為他明白，**沉默會比斥責的殺傷力更大更久**。

「什麼時候出發呢？」

「九月中。」

「九月中……那是多久之後呢……」

「兩個星期。」

「也只剩下不到兩個星期啊……總覺得跟阿杰在一起的時間都會過得特

別快呢，一轉眼暑假就這樣剩下了殘渣，但是殘渣這種東西就是找不到用處才會稱為殘渣……那我會不會也已經變成你生命之中選擇汰除的殘渣呢？但是這樣的問號我想不管我怎麼追問都得不到答案吧……因為阿杰你實在是太過溫柔的一個人了，有些時候我總感覺就算我拿把刀狠狠的朝你的心臟刺下去你也不會責備我一樣，但是你越是這樣對我，我就越想傷害你……可能是我沒辦法相信會有人願意這樣對我吧……所以不斷刻意傷害的結果，我自己也傷痕累累……

「阿杰……如果能夠選擇，你會不會期盼一個沒有我的世界呢？」

一個沒有我的世界。

我看著阿杰，或許也不算，我只是朝著阿杰的方向望去，然而我視線的落點卻在他身後白色的門板，**阿杰的身影像是做了特殊效果一般模糊不清**。可能我不看他的理由是因為害怕在他的眼中察覺到任何一絲的情感，這樣的問號是不該有答案的，即使它是個問號；如果阿杰的答案是肯定的，也許我會因此難過得想死掉也說不定，但如果他的答案是否定的，或許，我會犧牲一切也要攀緊阿杰的手。

所以阿杰沉默。而他也只能沉默。

「我去把保溫瓶的水加滿。」

似乎是因為話題太沉重，阿杰起身之後拿了桌上的保溫瓶，轉身的瞬間，我癱軟的身體似乎是為了將所有氣力都集中在我的右手，異常快速的動作，我抓住阿杰的衣襬，很困難的才能維持這個動作，彷彿我總是這樣邊緣性的拉住阿杰，我們之間的連結隨時都可以被切斷，而我卻執拗的不放開手。

「對不起。」

對不起。我這麼對阿杰說。

從認識阿杰的第一天起，無論我多麼任性，無論我帶給阿杰多大的困擾，連一句「不好意思」我都不曾說出口，我總感覺如果我這麼對阿杰說了之後，他就不會是那個有著特別意義的阿杰了；然而在終於說出口的那一秒鐘，我發現一切都沒有改變，阿杰依然是阿杰，並不會因此而改變他在我心中所佔有的分量。如果真的能夠因為一句話而改變那就太輕鬆了一些。

我並不是為了帶給他那麼多困擾而道歉，甚至讓他因此選擇飛往加拿大我也不感到多大的內疚，因為我們之間勢必有一個人要遠離，時間起不了作用那麼就只能依賴距離。我所說的是，對不起，關於我的無法放手以及，我刻意讓他不得不記住我的一切作為。

當記憶讓生命太過傾斜的時候，我們就必須時時刻刻生活在倒塌的可能性之中。

我看著他的背影，我的手已經慢慢麻痺，最後似乎是倚仗著我的意志緊緊扯住他的衣角，可能阿杰深深嘆了口氣，但是看不見他的表情的我也只能得不到答案的猜測著，如果阿杰不打算回頭就算我怎麼做他還是會背對我的。所以從前我之所以能夠得到一份微弱的確定感不過就只是憑藉著這份相信。

我的手到底是支撐不住。就這樣我看著我的手從他的衣角邊緣滑下，拍打在白色的床榻上，已經失去知覺的我在這一個瞬間是感覺不到任何疼痛的；然而當我安靜不動的將手原樣擺放著，慢慢的我就會開始被刺痛感侵蝕，從我的手，擴展至全身，並非劇烈異常的疼痛，緩慢卻是更加煎熬的侵蝕感，彷彿身體已經不再是我所能左右，我只能接受著侵蝕而又無能為力。

只是現在的我正像局外人一般的注視著我的指尖，或許就是從那一點開始展開的吧。就算是塌陷也是從某一點開始的事情吧。

阿杰僵直的站立著，手中還拿著保溫瓶，疼痛感開始擴展，像蠶寶寶吃著桑葉一樣一口一口的啃蝕著我。不知道過了多久，蠶咬到了我的手腕再多一些，大概五公分左右的長度，阿杰像是決定性的，慢慢移動他的腳步，一步一步走向那扇毫無生氣冰冷的白色木門。

我一向害怕這樣的畫面，或許不是「一向」，而是離開阿杰之後，看著這樣的背影我總是會揣想著當時阿杰的心思，以及我的自私。然而我卻移不開我的視線，或許這是種懲罰，曾經阿杰承受過的我也必須經歷同樣的深刻。所以我注定，永遠忘不了這樣的一個人。

沒有花很久的時間，我猜想。我也只能猜測著時間，終於我狠狠的體認到原來時間感是可以這樣沒有止境的被拉長，分針秒針移動的速度在這個時空全然失去意義，我感覺自己隨時有崩裂的可能，而已經從我的內部隨著這樣漫長的時間感開始裂解。

那扇被闔起的門。我聽見廊外的腳步聲交談聲，似乎是從很遠很遠的彼端傳來的聲響，**而阿杰現在已經是那個彼端的人了**。不管是在哪裡，我所處的地方都只會是座空城，或許是因為貧乏的我的緣故吧。

我想起阿杰曾經對我說過「妳不去愛我們怎麼知道我們有多愛妳」這樣的話，或許這是阿杰第一次也是最後一次對我的控訴吧。原來阿杰心底其實對我們的愛情是懷疑的，因為我從頭到尾，也沒有給他一句承諾。

在阿杰轉身之後，像一個關鍵的鈕，讓我不得不面對所有的事情。

是不是我根本就沒有真正的愛過任何一個人，即使是我認定我深深愛著的阿杰，因為我根本沒有好好的愛過自己。我總是以情感薄弱這樣的理由來推託，然而這樣的我性格上徹底有了缺失吧。「妳不去愛我們怎麼知道我們有多愛妳」，就連這句話我也同樣逃避了好長一段時間，或許是因為由阿杰說出口的緣故，又或許是在我不斷的試探著周遭每一個人的同時被試探的是我那股不安的心情。

「小米？我們來看妳了。」

亞美的聲音打斷我的思緒，一點也不費力的我看見亞美跟阿伸朝我走來，因為我的姿勢始終沒有改變，可能是因為我渴望看見阿杰打開門朝我走來的畫面，對於阿杰的期盼是誰都無法填滿的；**對於爸媽或者佳佳也是，所以不管其他人對我再好，無法滿足於爸媽關愛的我是看不見其他人的。**

「感覺還好嗎？阿姨打電話給亞美說是希望有人能來陪陪妳。」

不是有阿杰了嗎？是媽仍舊無法放心，或是爸媽根本也不知道阿杰在醫院照顧我？

然而此刻的我絲毫也不想去猜測，已經太久了，**我的人生在我的記憶之**

中幾乎都在猜測之中度過的，因為害怕傷害的緣故，所以從來不主動開口，我太害怕被拒絕，而在這樣的害怕之下我也失去了所有，如果說出「我愛你」這樣的話就像是把自己赤裸攤在那個人的面前，我沒有勇氣，所以我總是在猜測總是在等待，也總是在傷害著別人傷害著自己。

因為是這樣的我的緣故，所以爸媽、佳佳或者阿杰也不知道如何來愛我吧。

「嗯，已經好很多了。」

「王彥杰？」亞美的驚呼讓病房內所有的焦點集中在手上拿著保溫瓶的阿杰身上。

連亞美也不知道呢，不管是男朋友這件事，或是弟弟這件事。可能也因為如此的秘密式，讓阿杰感到異常的不安吧。

阿杰把保溫瓶放到桌子上，「我先出去。」

我閉上眼，我不想在短暫的間隔裡重複體會阿杰離開的畫面。

「小米，為什麼王彥杰……」

「亞美妳認識那個男生？」

「那是我跟小米的國中同學啊。」

「上次小米告訴我那是她爸爸的乾兒子。」

「乾兒子？真的假的？我不知道妳跟王彥杰那麼好耶。」

「阿杰不是我爸的乾兒子。」

「可是妳上次告訴我……」

「阿杰是我的弟弟。」

「弟弟？小米妳在開玩笑吧，從來就沒有聽妳說過啊。」

亞美，我沒說過的事情實在太多了，有些時候並不是不想說，而是連我都習慣性的欺騙著自己，所以最後變成什麼也面對不了。

「阿杰是我同父異母的弟弟。我也是最近才知道的。」

「好像連續劇喔，不過他真的越來越帥了耶，以前我還以為他喜歡妳咧。因為以前他不是很安靜很酷嗎？但是他會主動跟妳說話，而且常常看著妳喔，不過沒有人敢問，而且妳跟他一點也不熟，所以我就覺得沒什麼，原來他居然是妳弟弟，老實說現在我還是沒辦法完全相信。」

我也不願意相信。甚至我也仍舊無法相信。

當阿杰那樣看著我的時候，他並不是我的，弟弟。

「很多事情不是我們相不相信就能夠改變的。事實就是在那裡。」

「也是啦。阿伸你怎麼不說話？該不會是看到比你帥的人出現在小米面前所以有危機感吧，反正不管怎麼樣他是小米的弟弟，而且他根本就是極品，所以你這個上品是不用太在意的，哈哈。」

看樣子亞美已經知道我跟阿伸之間的事情了。我不想再繼續傷害阿伸下去了。被自己所愛的人蓄意傷害會傷得更重更難以痊癒吧。

「妳算是在安慰我嗎？」

「當然是啊。好啦好啦我去外面晃一晃好了，說不定能遇到王彥杰，然後發展出戀情，哈哈，我等一下再回來啦。」

我知道亞美是為了讓我跟阿伸獨處，結果也真的剩下我跟阿伸。

或許真的是注定，要我面對我所做的一切事情。不管是阿杰、阿伸、爸媽佳佳或是亞美和其他人，很多事情都是因為我而造成的。很多傷痕是我劃出來的。

「妳肚子會不會餓？」

「我剛剛有喝牛奶。」我輕輕嘆了口氣，「阿伸，我有話跟你說。」

「妳想說什麼？」

「對不起。」

阿伸應該也感覺到了吧。我看著阿杰的眼神是不同的，因為他是這樣在注視著我，所以會比我更加清楚。就如同不時看向我的亞美也看見了我沒發現的。或許我所認為的「不受關注」追根究柢是因為我的「不去關注」，那麼我所感覺到的不安都是來自我的不會愛人，在十九歲的夏天終於明白或許不算太晚，只是我已經失去太多。

我也折磨了愛我的人太多。

「我想我還是沒有辦法……」

「是因為他吧。」阿伸打斷我想說的話，我知道他並不想聽，然而他本來就是無辜被我扯進來的人。「我不知道之前是發生過什麼，但是他是妳弟弟，那麼就不會影響些什麼，我們只是需要時間，所以我會等，如果等妳清空胸口的位置需要的是時間，不管多久我都願意等。」

「阿伸……你聽我說……不管阿杰是不是我的弟弟，我都沒有辦法這樣欺騙自己，我很抱歉把無辜的你扯進這股漩渦，也這樣傷害了你，但是如果這樣下去的話你受到的傷害只會越來越深。因為我沒有辦法，就算再怎麼努力也沒有辦法，不是因為阿杰的關係，而是因為我……我還沒學會怎麼去愛一個人，而在這樣的情況之下我已經愛上了阿杰，所以曾經跟阿杰有關的你，曾經讓我自私的想用來逃開阿杰的你，不管怎麼樣我都會在看見你的時候想起阿杰，對不起……是我的錯……

「我知道這樣說會狠狠的傷害你，也可能從此失去了你，但是我不希望對你造成的傷害一天一天的加大……對不起……我也只能這樣跟你說對不起……

對不起。

14

我愛妳。一直都是。就在我以為阿杰打算持續著抱持沉默的那一刻，他的聲音緩緩略帶粗啞的從口中逸出。

阿杰回來的時候我已經盯著對面的白牆好長一段時間了。

這中間阿伸走了，亞美開門進來，接著也走了。亞美是帶著納悶的表情走向我的，就像是我始終疑問著其他人一般，或許她在走廊上遇見了阿伸，但是他是什麼都不會告訴亞美的，對於這種近似於被替代的心情，無論是誰都無法承受吧。

我並不是還能維持冷靜的談論著被我傷害的阿伸，而是在這之間我深深的思考過這樣的舉動到底傷害了阿伸多深。或許這是無法被丈量的。正因為是我，在阿伸漫漫的期盼之下做出了伸手的姿勢，然而當他奮不顧身的朝我奔來，我卻抽回了手甚至別開了臉，將他的希望用力摔碎，連帶的碎片細碎而持續的刺傷他，閃閃的亮光閃耀得讓人逼出眼淚。

　　阿伸並沒有責怪我。跟阿杰一樣，他也只是安靜的打開門走出了房間，留下了一大片的空白，其實說起來我是喜歡阿伸這個人的，雖然沒辦法轉變為情人間的感情，但我真的不想失去阿伸；只是現在說這些話太自私了，就算阿伸可以忍著痛陪在我身邊，我也沒有辦法忍受他的痛苦。

　　打從一開始阿伸就是無辜的，我也不止一次這樣想著，然而在不斷的掙扎之間我終究是拉大了他的傷口，可能阿伸唯一的錯就是喜歡上我。我很清楚我不可能喜歡阿伸，卻仍舊惡毒的拖他下水，弄到這種局面是我活該，從頭到尾我就只能負荷阿杰一個人的重量。

　　而方才短短時間內發生的事，對於亞美的問號我卻怎麼樣也說不出口，如果亞美徹底明白我是這樣卑劣的人之後，是不是也會轉身離開我？所以在我的懦弱之下，就讓她的問號被四周生冷的牆吞下。總有一天她會發現的，但不要是現在，我承受不了這樣接連的轉身。

「如果我就這樣死掉會不會比較好一點？

「我知道這樣的問題是很沒有意義又很傷人的問題，因為不管怎麼樣人就是必須好好活下去才行，但是在今天之前的十九年來，甚至包含著今天也是，我不止一次用著這樣的問題，用著死亡來吸引著你們的注意……你不用太在意，我只是想讓你安心的去加拿大，雖然我是一個反反覆覆又常常推翻自己想法的人，但因為是你的關係所以我是很認真的……這是承諾，在這之前我一次也沒有給過你承諾，但是這次真的是很認真很認真的……不用在意我，雖然聽到你要去加拿大這件事我真的感覺很難過甚至想著死掉也沒關係，但是我知道我必須要好好的活著，雖然現在還沒有辦法完完全全的為著自己而活，但是我相信有一天可以的，在這之間無論如何我都會好好的活下去……

「你可以聽我說話嗎？我知道你一直在聽我說，但是現在我希望你是很認真的聽著我說的話，而且我也不希望你一直保持沉默，也許這是最後一次也說不定了……三年前沒說的我想三年之後說真的太晚了，就算晚了一天都算是太晚了，但如果一輩子都不說我想不管是你還是我都會感到很難過吧……很多事情我都會藏起來，我想你是很清楚這件事的人，就是因為這樣我們才會變成不得不遠遠分開的結果，所以我想告訴你，把我心裡想的通通告訴你……

「但是同樣的我也想聽聽你的聲音。你知道嗎？我一直想著，為什麼你都不主動開口對我說呢……為什麼呢……甚至決定分手也只是因為想聽你對我說『我不要分手』，我知道我很任性又很自私，但是那個時候就有一種很強大的力量讓我非這麼做不可……但是我沒有辦法跟你說對不起，今天也是很努力才能這麼對你說，總覺得跟你說了對不起之後你就可以簡單的忘記我了……但是為了你好，說不定忘記我對你而言是最好的一條路……

「我很矛盾我也知道，不久之前才要你牢牢的記住我，我到現在還是這樣希望的……但是沒有辦法，要你永遠記得我可能是很殘忍的一件事，不管你是用著姊姊還是前女友的定位，都會很為難吧……」

阿杰坐在床邊擺的椅子上，我扭著脖子看著低頭聽著我說話的他，他的手交握在膝前，空氣瀰漫著一種難以解釋的氣味，沉重但也沒有那麼滯悶，或許我跟阿杰之間有些什麼正在轉化，我知道我們此刻依舊是愛著彼此的，而且就我而言那分量還是相當大的，只是當事情開始被攤開來說明的時候，似乎就沒有那麼難以承受了，我跟阿杰之間，牽扯的或許是一份很強大的曖昧不明。

所以，只要打破了那樣的曖昧不明，我跟阿杰或許可以因此獲得一份新關係。

「我很愛你。」我輕輕但堅定的說著，「我是真的很愛你。不管是之前或是現在，空隔的這三年也是不斷的想起你，但是不知道為什麼我一點也沒有後悔分手的決定，我到現在還是無法理解……但是我一直想對你說『喜歡你』這樣的話，只是我始終等著你先開口，因為自私所以一定要等你先開口我才會鬆口……阿杰，不想說也沒關係，但是我只是想知道，你是不是曾經有愛過我？

「因為開始是我說要交往，也是我說要分手的，所以我一直想著你會不會只是因為對我太好的關係……」

我看不清楚阿杰的表情。我不斷希望能夠猜測他，也盼望他能明白著我，然而就像有人對我說的，**有些話不說出口不管怎麼費力去猜測都是沒有用的。**

「我愛妳。一直都是。」

就在我以為阿杰打算持續著抱持沉默的那一刻，他的聲音緩緩略帶粗啞的從口中逸出，「我也常想妳會不會只是需要一個人陪，但就算真的是那樣的理由也無所謂，至少陪在妳身邊的是我。之所以不對妳說是擔心如果一說出口妳因此決定離開，所以我……」

他輕輕嘆了口氣。某種層面上而言我和他是錯過的，靠得那麼近的兩個人各自懷著微妙的心思愛著彼此也錯過彼此。

此刻和阿杰的談話我並不打算抱有「我和他是姊弟」的因素，因為我只是想坦然的對他說我的感情，**就算我們終於確認了彼此的相愛，那也只能是一種確認，除此之外什麼也不能改變。**

「阿杰……這幾年我一直很害怕看見別人轉身的畫面，連闔上門的我都會刻意避開，我總是會想，當時的你是抱著什麼樣的心情看著我離開，但是這個問題我並不想問你，因為我還沒有足夠的勇氣可以知道……只是因此我很害怕那樣的畫面，不管是誰，**就算是爸爸或者媽媽即使我知道他們會再回來，我還是會有一種『不要離開我』的念頭……**說這些我只是想跟你說對不起，雖然有很多地方我都必須跟你說對不起，但是這件事情是我最在意的部分，而且，我想在你離開台灣的那一天，我很有可能會背對著你，因為我不想對你最後的記憶是你的背影……

「你可以握著我的手嗎？」

或許是因為坦承的動作有了開頭，所以一切變得格外容易進行，連那些從前需要猜測很久的事情似乎都變得能夠直接了解。我知道阿杰會握住我的手，而且是不帶猶豫的，事實上他也這麼做了，而為了好好的握住我的手他移到床上坐下，**或許是因為剛剛終於說出了關於愛這個字，所以我跟他在某些層面上關係已經完全的**不同了。

「我也不知道該從哪裡說起……可能會說得很凌亂，如果沒有辦法了解的時候可以打斷我沒關係……雖然我不喜歡說話但是我一說話也不喜歡被別人打斷，但是因為是你所以沒關係，甚至我還會很希望你能夠在什麼地方打斷我或是反駁我……我知道我是一個不折不扣帶著主觀性對待別人的人，對著不同的人會有很嚴重的差別待遇，對你有大到連我都訝異的接受度，不過我想說不定也只是因為你從來不做我不喜歡的事情，所以我也不知道那些假想的寬容是不是會成真……

「大概是因為對你存有著太多的猜測和想像，所以時常會覺得『一輩子都忘不了這個人』，但是如果有一個人能夠讓我永遠都記得的話，我想也是一件很幸福的事情……所以我也想被你一輩子的記住，但是我說了，現實總是很矛盾的，希望你記住我但是又覺得你忘記我可能會比較好……

「因為我也是矛盾的人吧。」

阿杰握著我的手收緊了些，我看見的是他大範圍的下巴，還有我曾經很感興趣的耳朵。阿杰的耳朵是開的，而我的是黏合的，生物說的顯性隱性，所以有一陣子我總是纏著阿杰說著「以後我們的孩子……」，那時候的阿杰會對我說：「像妳會比較可愛。」

「不可以，因為是我們的孩子啊，所以要一半像你，一半像我。而且我比較喜歡開的耳朵，所以這裡就不可以像我了啊。」

阿杰會給我一個微笑，或許是因為聽見我喜歡開的耳朵，又或許是聽見「我們的孩子」。

「我不覺得忘記妳會對我比較好。」我聽著阿杰長長的呼吸，「我知道我永遠都不會忘記妳，而妳也不是我的包袱，因為我們之間最大的錯誤就是血緣關係。所以現在我的心情很複雜，對妳所說的『愛我』很難形容我的心情，但是我要妳記住一件事情，遇見妳對我而言是件很幸運的事情。

「我之所以要去加拿大的確是因為妳，但也是因為我自己。下決定那時候的我還是對妳感到疑惑，但是我知道如果繼續這樣下去我會無法控制而不顧一切的，到現在我還是不認為妳是我姊姊，但那卻是事實，所以最消極但最好的方法就是離開，那時候甚至是現在我想到的方法也只有這一個。

「因為這世界上讓人最難受的事情就是事實，而且是自己並不願意相信的事實。」

我和阿杰因為這個不得不接受的事實而必須相隔一片海洋，甚至是一個永遠；然而我和阿杰之間也正是因為這個事實而得到確認。這世界有太多事情逼迫著我們成長，很多事情沒有辦法遵照我們的期盼，卻用一種直接性的衝擊讓我們得到解答。

在我跟阿杰之間一直避免著這樣的衝擊性，曖昧的持續或許正是為了建造一個可以抵擋衝擊的部分；我們避開了那樣的衝擊，卻也失去了某些什麼。**所以擁有和失去，是怎麼用刀子割都拆解不開的。**

「阿杰……」我將他的手貼近我的臉頰，「我好開心聽見你這麼說。雖然我現在很難過，不只是因為你要離開，也因為我們愛著對方卻必須錯開……但是我真的好開心……

「因為我真的好愛你。」

我的眼淚從眼角滑到了阿杰的手上我的手上，或許十年、二十年後，我跟阿杰會因為這道淚痕緊密的連結在一起。曾經我想過會不會往後只能依藉著阿杰的側臉想像著他，然而在這個瞬間，我突然有種我能夠了解的心情，**就算是側臉也無所謂，因為不管是哪一個角度，那都會是阿杰。**

15

我卻異常明白，無論如何關於阿杰都會不斷的接續下去，因為他的某部分已經存活在我的生命之中，這一輩子都會和我一起生長著。

用橘色蠟筆在月曆上打上一個叉，這已經第十四個了。十四天，兩個星期。阿杰。打叉。

我在醫院躺了兩天就出院了，回到家之後的生活並沒有什麼不同，一樣是我一個人在空蕩蕩的房子裡想盡各種方法消磨時間，中午媽照例打來要我吃飯吃藥的電話，日劇韓劇本土連續劇，看完了首播隔天是重播，我想或許開學之後我可以考慮寫個劇本，畢竟我已經把劇情公式整理得差不多了。

如果人生也可被歸納出一個公式來，那麼是不是代表可以經過某些操弄得到所要的答案？或是，無論如何都得不到想要的結果？

我一個星期大概會有兩天左右跟亞美還有其他人出去，當然阿伸也在，我並不知道阿伸有沒有對亞美說些什麼，或許亞美本身也發現了，所以她不再曖昧的談論阿伸；但如果不去注意是沒有人會發現的，畢竟表象的平和讓人感到安心之後就沒有多少人願意去深層探究了。

兩個星期以來的日子沒什麼不同。如果不仔細看的話。

我開始乖乖吃藥，一顆一顆慢慢的吃掉，飯也很認真的一口一口的嚼著，零食糖果的也不吃了，其實我本來就不是很喜歡吃那些東西，只是為了替自己找一些藉口而已，既然決定要好好認真的活下去，也決定要開始學會愛自己，所以這些只有我會注意到而也只有我能操弄的細微的部分，就應該被徹底的更正過來。

雖然一開始會感覺到很痛苦，就連現在也還是無法完全的適應，但改變這件事情本身就是令人害怕的。我也只是要去除掉「我身體無法改善是因為不好好吃飯吃藥又亂吃零食」這個屏障，就算一直都好不起來也無所謂，因為我已經決定無論如何我都要接受自己，我想過去的我從來就沒有正面接受「我」的樣貌，所以想盡辦法迴避；但是當我避開自己的時候，同樣的也曲解了每一個人傳送給我的訊息。我過去十九年的人生不只是充滿矛盾，而且還是扭曲不懷好意的。

晚餐的時間我開始加入爸媽和佳佳的話題，雖然沒有到侃侃而談的程度，但是我很明確的告訴媽我喜歡這道菜或者我不喜歡這個味道，雖然一開始會有其實不說也沒有關係的念頭，但是只要說了第一句「我覺得……」接著好像也不是很麻煩的對話了。最近佳佳常常提起新換的班導師，似乎是因為太過偏心的做法讓佳佳很生氣，「也沒什麼不好的，只要讓她的心偏到妳身上不就好了嗎？」當我這麼說的時候爸跟媽認真的看了我好一陣子，「說得好像也有道理呢……」

因為我也一直做著一樣的事情啊。我總是藉著慢慢侵蝕自己來贏得爸媽或者阿杰的關注，然而那樣的關注卻是痛苦難耐的；在醫院的那幾天很多事情因為有了開始就會像骨牌一樣不斷接續，在阿杰安靜看書的時候我就盯著天花板思考著。

過去十九年的我究竟都做了些什麼殘忍的事情呢？

那幾天阿杰陪我說了很多話，回到家來的每個晚上他也都會陪我聊完天之後才回房間睡覺，雖然我還是很喜歡阿杰，但是我們之間的關係似乎已經慢慢的套上了朋友或者是姊弟的模式，也許是彼此都努力的壓抑著某些情感，然而我們都需要轉化的時間。

「叔叔跟阿姨都很愛妳。」

「嗯。我知道。」

我不知道聊到什麼讓阿杰說出這句話，但是很簡單的直述句，和三個字的「我知道」，歷程異常的艱辛。很多時候最簡單易懂的事情明擺著在自己的眼前，卻往往因為太過簡單而開始猜疑，甚至揣測之中是不是隱藏著什麼樣的心思或者陷阱，或者選擇忽略它。很多人需要很長很長的時間來明白，而我花了十九年或許算是短的了，「重要的是，看清楚之後妳做了什麼決定。」

做決定不是一件很困難的事情，要從「錯的」跨過去「對的」那段距離也不是很遠，然而抬起腳跨越這個動作到兩隻腳都順利的到了另外一邊是異常緩慢而具考驗性的。因為兩邊是不一樣的世界。跨越這個動作的開始意味著我決定帶著全部的自己搬遷到另一個截然不同的世界裡，或許什麼都沒有改變，但是只要我這個人改變了，我所處的一切也都不一樣了。

其實從前的我並不是不明白爸媽對我的心情，然而因為膽小懦弱所以一直賴在原地，是阿杰對我伸出了手，或許某種意義上而言他同時也是在背後推著我走的人。因為阿杰的關係，我的背後被「如果不說就來不及了」不斷推向前，之後在界線的另一邊，阿杰溫柔的伸出手來接住我。因為阿杰跟爸媽從頭到尾都在那個世界，所以我才始終感到自己被孤立。

所以，現在我過來了。

就算之後我跟阿杰隔著遙遠的距離，他的溫度始終停留在我的掌心。

上星期三阿伸約我出去。單獨。之後我跟阿伸到了那間飲料店，我一樣點了檸檬紅茶，雖然看見熱可可的時候會想著「我要喝這個」，但是服務生問的時候卻還是很輕易的說了「我要檸檬紅茶」，太過習慣的事情勉強改變或許也是可以，然而像這種事情，我卻私心的想保有。

從家裡到飲料店的途中我跟阿伸一句話都沒有交談，本來我就不是會主動開口的人，或許只有在這種時候才會明白阿伸某種程度上也演著獨角戲，那是太過苦悶的戲。耳邊聽見的只有車子和風呼呼的聲音，天氣還是很熱，我輕輕嘆了一口氣。

「這陣子我想了很多。」阿伸的手在桌上交握，很堅定的看著我，「喜歡妳的心情是不可能那麼簡單說不要就不要的。雖然現在說這些可能會帶給妳壓力，但是既然都開了口，那麼我也不想把它藏著。從第一次見到妳的時候就就開始注意妳了，其實我也知道妳並不喜歡我，所以我們之間之所以會變成現在的狀況我也必須負責……但是總是會想，說不定真的妳會喜歡上我之類的，很難不這樣想吧。

「雖然那時候我不知道發生了什麼事情，但是我知道如果我問了『妳怎麼了嗎？』我就不可能有更靠近妳的機會，雖然我們是很好的朋友，但是妳對我甚至是亞美似乎都還保持著相當的距離……亞美曾經跟我說過，她不知道妳為什麼會這樣隔著一大步看著我們，但她明白或許妳自己也沒有察覺到，習慣性疏離吧，她這麼說。」

冰塊已經開始融化了，夏天的速度特別的快，很多事情都跟冰融化一樣快。

「雖然很難過我們之間就『只能是朋友』，但認真的想或許這樣對我們都會比較好，畢竟如果不下這種重藥的話，可能我會是那種一定要撐到最後的人吧。只是感情就算撐到最後，也沒有多大的關係，不過至少那個人就像王子一樣，我也輸得比較不會那麼慘一點。」

那個人。

「小米，雖然不可能說要當作什麼事情都沒有發生過，但是我是真的希望我們可以因為這件事而更靠近對方，當然我是指朋友關係。所以，有什麼事情我都會願意聽，我真的不希望妳始終站在一大步之外，現在不想說也沒關係，但是我們是朋友，這點是不會變的，請妳記住這一點。」

我輕輕的嘆了口氣。

攪動玻璃杯裡的冰塊，是不是因為季節即將改變的關係，所以很多事情都要因此跟著起了變化。

「阿杰是國中同學。」

我不看阿伸，應該是說我沒有辦法看向場景之內的任何一個人，視線投注在某個不知名的點，我的眼裡是一片模糊的色塊。至少不是空白或者黑暗，我這麼想著。

「他是我之前的男朋友，但是也只有我們知道這件事情，大概他也因此承受了很多不安吧。所以亞美不知道，並不是要刻意隱瞞，只是自然而然我就這麼做了，但是有些時候就是因為太自然了才會傷人，當然那個時候我不會知道這些，總之就是像一般學生情侶那樣，一起唸書什麼的。

「畢業之前，『我們分手吧』我這樣對他說，然後我們就分手了。」我並不打算太詳細的告訴阿伸，畢竟這段記憶我仍舊打算以某種形式封存著，畢竟不管對於我或者阿杰，這是我們之間最大的關鍵之處，「畢業之後到這個暑假之前都沒見過面，這個暑假是去見『我爸的兒子』的時候看見他的。」

這之間我停頓了很久，阿伸並沒有說話，就只是安靜的等著我。

「這種情節小說電影甚至是新聞都常出現，所以聽見我爸有私生子的時候我很冷靜，甚至想說多一個弟弟也不錯，但是當我看見阿杰的時候，我也忘了當時想些什麼，但是像這種電視情節發生在自己身上的時候並不是件有趣的事情。」

或許是從那一瞬間開始，我的思緒被切割成兩個區塊，在「弟弟」跟「阿杰」之間並沒有連結點，是完全截然不同的概念，阿杰是弟弟，阿杰是我愛的人，這兩件完全衝突的事就是因為引起我太大的衝突而變得理所當然的被接受了；然而事實上並不是被接受，而是我根本性的把這兩件事關閉連結，所以任何矛盾的想法對我而言都是正常不過的存在。因為這是我完全無法也不想接受的事情啊。

「但是現在阿杰決定要去加拿大了，我跟他也好好的談過，可能之後沒辦法見面或者需要很久以後才能見面，只是這也是沒有辦法的事情……因為在沒有人知道的狀態下，對每個人都會是最好的處理方式，所以關於阿杰的事情，並沒有接續的問題……因為他已經要離開了。」

然而說著這樣的話的我卻異常明白，無論如何關於阿杰都會不斷的接續下去，因為他的某部分已經存活在我的生命之中，這一輩子都會和我一起生長著，所以說我決定好好的活下去好好的愛自己，或許也隱含著我的私心，可能這樣是另一種深愛著阿杰的方式。

但是除開阿杰不談，至少我並沒有失去阿伸，我想自己一直都是幸運的人，只是因為總是負向的曲解別人，這種人是不會感到幸福或者幸運的。

「阿伸。謝謝你。謝謝你原諒我卑劣的作為。」

「這也是沒有辦法的事情啊，因為對妳的愛比對妳的恨多太多了，而且愛一個人比恨一個人輕鬆多了。」

16

那一道界線前面，會感覺到一種劇烈的壓迫，無法解釋但異常清晰地清楚著只要再靠近任何一釐米都可以讓所有事物崩解，都有可能讓彼此一起沉淪。

很早我就醒過來了。時鐘上顯示五點十六分，我躺在床上扭動著脖子，然後固定在一點。

窗外已經開始亮了，雖然隔著窗簾仍舊隱約透著光，我猜想如果這時候有誰用力拉開窗簾，或許我會因此閉起雙眼，我不喜歡陽光，尤其是顯得太過光亮的陽光。數字跳到了五點十七分，在閃爍之間一點一滴流失掉剩餘的擁有；「今天」已經在我的睡眠之中悄悄的拿走了二十四分之五的分量，很多事情就是在這樣的情形下開始產生變化，然後在我們終於清醒之後發現，那些變化切切實實的被決定了，而我們只能選擇接受。

因為是這樣的關係。我不否認某種程度上我相信著宿命論，並不是說努力全然無用，而是在「某些特定的事情」上，是起不了任何作用的。

就像是性別或者家庭是沒有辦法選擇的，這跟努力絲毫無關，但是卻不能因此推論「無論多麼努力都沒有辦法成為一個小提琴手」，脈絡是不同的；**而「今天」正好被歸類到了宿命論的範疇，我們不可能抵擋著讓「今天」不要繼續走下去。**

我緩慢的走下了床，極輕緩不發出任何聲響，旋開門、關起門，旋開門、關起門。阿杰還沒醒。旁邊是一小袋的行李，前幾天他已經把東西都寄出去了，所以房間裡除了正在睡著的他還有一件薄被，以及地上那袋行李，剩下的也只有一個鬧鐘，而那是本來就放在這間房間裡的東西。

阿杰來之前這間房間是空蕩蕩的，我時常一個人關在裡面，雖然我的房間也沒有人會隨意進入，然而或許我需要的就是那股空蕩蕩的荒涼感；而阿杰走了之後房間就會恢復空缺的樣貌，**只是就算任何東西都被歸位，已經留下阿杰氣味的空間永遠都會以那樣的姿態留存著**，往後我會在這間屋子的任何一個角落無意識或者刻意想念起阿杰。

從前我就在這間房間思念著阿杰，今天之後，我那樣思念著的日子，是不是仍舊會更加劇烈持續著？

站在床前我看著阿杰的臉，冰涼的腳底並沒有讓我移動，說到底我還是想拉住阿杰，現實上不能夠但心裡還是會這樣深切的渴望著；人時常會有這樣的衝突，「不能夠」這三個字本來就是用來遏止人們的想望。在這三個字底下，我反覆掙扎著，而似乎出現在這裡的我某種層面上是潰解了。

隔著一段距離。我不敢走近阿杰。

我終於明白那時阿杰為什麼能夠那樣微妙而完美的留下一段決定性的空白，那完全不須刻意量測，而是在那一道界線前面，會感覺到一種劇烈的壓迫，無法解釋但異常清晰的清楚著只要再靠近任何一釐米都可以讓所有事物崩解，都有可能讓彼此一起沉淪。

當我強迫阿杰在我身邊坐下時他正想些什麼呢？我無法想像當時的他承受的是多麼巨大的負荷，或許我總是任性妄為的在他身上加諸太多重量，而他卻什麼也不說的默默承受。靠得那樣近的時候他在想些什麼呢？是不是在擁抱我和推開我之間掙扎拉扯著？

無論如何，此刻的阿杰在我面前熟睡著，其實我很想給他一個安靜的親吻，或者我只是想輕輕的碰觸他感受他的真實，記憶他的體溫；然而我卻始終維持著同樣的姿勢在同一個地方，凝視著我深愛著的他。不能夠再靠近了。我重複的告訴著自己，好不容易我們都做了接受現實的準備，在這個決定之中包含著多少的我們的心思，所以如果因為我的一個跨步回頭就徹底瓦解，或許往後我就會萬劫不復的被困在那個荒涼的世界之中。

我必須用盡所有氣力來適應這個新的世界。

突然間我想起爸媽還有佳佳。他們一直緊貼著兩個世界的邊界呼喊著我，伸出手來想拉我過去，或許因此我始終感受到我們之間那層貼近而遙遠的薄膜，即使是曾經在母親羊水生活著的我，也是被包裹著的。所以現在我劃開了那道薄膜，但我還沒能夠將我的手放入他們的掌心，因為我的手還被阿杰握著，所以這種狀況之下如果阿杰一直在我身邊的話，那麼我依然是無法好好的愛他們。

當然這不是阿杰的錯，而是我的問題。不管怎麼說只要我選擇握著阿杰的手就勢必會狠狠的傷害爸媽，這十九年來累積的傷痕已經太多，所以我必須堅定的讓消毒水淋下塗上藥劑治癒它，雖然伴隨著的是劇烈的疼痛，然而這樣的痛永遠無法比擬長久以來慢性的折磨。

我深深的吸了口氣。只有我和阿杰存在空間的氣味。

於是我轉身，踩著冰冷的地板，一步一步緩慢的離開，當我旋開門的瞬間，我很努力壓抑住回頭凝望的念頭，輕輕呼了口氣，終於我踏出了阿杰沉睡著的時空。

終於。

17

那份未實現的承諾會永遠佔著他心口的某個缺，那麼，他終究會永遠惦記著我；而我的身軀之中，也會存有著對應那空缺的鎖鑰，只要我不打開鎖，就沒有人能夠清除那空缺之中的秘密。

飛機起飛之後，我們安靜的走著，從機場到停車場的距離並沒有很遠，然而因為沉默的重量太重，路途顯得異常遙遠而無法到達，緩慢而深切的，或許之中有誰曾打算劃開寂靜的圓，終究那也只是一閃而過的念頭。

看著爸媽的背影，我猜不出他們的心思。短短的兩個月，我們原本平凡而依循著不變定律生活著的家庭，因為阿杰的出現開始動搖，因為這樣的晃動，讓完美隱藏著的裂口顯現在我們面前。那些裂口已經存在很久很久了，只是因為阿杰的關係，所有人都為了找尋出口而歸咎阿杰，他本來就不屬於這些裂口的任何一個缺。

爸發動車的姿勢，跟從家裡出發時一樣，然後他旋動方向盤，緩慢而平穩的駛離機場。速度很慢，或許是因為需要用大量的沉重來彌補阿杰的空位；在阿杰出現之前這輛車一直就是坐著四個人的，但是不管是之前之後，因為中間出現了關鍵的轉化，一切都沒有辦法一樣了吧。

沒有人發出聲音，也沒有人伸手打開音樂，我靠著門，突然開始有了想哭的念頭。

昨天晚上我跟阿杰像是要把話講完一樣聊了一整個晚上，其實我根本就沒有入睡，而是一直盯著天花板，什麼都不做也什麼都不想的看著。阿杰曾經說，很小的時候只要他睡不著就會這樣看著天花板，**什麼都沒有的空白有些時候是最深遠的世界**，所以他想著，也許有一天能夠在這樣空白的畫面裡看見父親的長相。

那是他第一次提起爸，也是最後一次。

不管王阿姨給了阿杰多少的關愛，因為是左邊右邊的關係，不管王阿姨手伸得再長也無法完全填補另一邊的空缺。我沒有追問，阿杰總感覺只要提起父親就像是在指責王阿姨給他的愛不夠，但其實他也只是單純的想知道自己的父親究竟是什麼樣的一個人。當時的我們怎麼樣也料想不到，翻開答案的那一瞬間，會有讓人想立刻蓋下的念頭，但是沒辦法，掀開了就是掀開了，因為我們已經看見了答案。

「你會不會寫信給我啊？」

靠在阿杰的肩上我這樣問。如果突然之間徹徹底底地沒有了阿杰，無論如何我都無法想像那樣的畫面。雖然之前的三年裡我的生活也沒有出現阿杰的身影，然而我卻握有著「只要我想見到阿杰就能夠見到他」這樣的票券，這是截然不同的。

「只是寫信應該沒有關係吧。我想應該是沒有關係吧。」

「嗯。我會寫信給妳。」

「那我們打勾勾。」

我們約好了喔。永遠永遠不能忘記彼此喔。我這樣反覆的默唸著。

……阿杰，約好了你要永遠愛著我，我也會永遠深深的愛著你。

「你知道我們以前打勾勾的時候我在想些什麼嗎？」

阿杰認真的想了一會兒之後搖了搖頭。

「秘密。」我對著他輕輕的笑了，「這是秘密喔。說了就不會實現的秘密喔。阿杰你知道為什麼人要有秘密嗎？」

「因為不想讓別人知道。」

「嗯……大概是這樣吧，但是我的秘密，除了不想讓別人知道的秘密之外，還有一種秘密……」我閉上眼睛，看見的還是阿杰的畫面，**「因為是秘密的關係，所以為了保守秘密，那麼就永遠不會忘記。」**

最後我依然是不想要被阿杰忘記。

所以在阿杰轉身之前我已經早他一步背向著他，太過自私的我不想看見他逐漸縮小消失的背影，拉長的距離感是變相殘忍的刀，所以在深深凝視他之後我原地繞行了一百八十度，三年前最後一段記憶和三年之後的結束，我都是個無比惡毒的人，只是這一次他已經不會再度經歷那樣拉長的刀傷。

因為向前跨步的是他。

或許我之所以轉身背對阿杰並不單單因為害怕記憶他的離去，而是，在我察覺之前我就已經做著讓阿杰必須牢牢記住我的舉動。**背影，永遠比說著再見的臉更無法忘懷。**

一路上我和阿杰之間沒有任何交談，雖然我們一直是肩並肩的相依，也許是害怕任何言語都有可能洩漏些什麼，又或許是擔心只要我一開口就會無法克制的說出「不要走」這樣的話，這三個字在這種時刻、在我們之間等於是劇烈的毒液，而且是太過誘惑的毒酒。

我想握住他的手，我想輕輕擁抱他，然而這些「我想」到底只是念頭。

每個人都明白認清事實、下決定，和實際去做這三件事之間要連貫起來是相當困難的一件事情，而這短暫的暑假中我也反覆驗證，所以我必須用相當大的意志力來面對阿杰的離開。弟弟這件事情，前男友這件事情，重疊起來之後，我只能安靜的咬著唇。

目擊著結束的過程。

很努力做著心理準備也是沒有用的，我說了，今天清晨當我旋開阿杰房門的同時，某個區塊就已經潰敗了。然而此刻的我只能逃避性的忽略那樣的塌陷，之後不管必須花上多久多長的時間都要設法讓它復原，因為在治癒之前，我是沒有辦法見到阿杰的啊。

然而在凝望他的短暫時間裡，突然我想起了我們並沒有好好的一起吃過飯，我指的我們是爸爸媽媽佳佳還有我跟阿杰。**我很認真的替阿杰留了一個位置，但是並沒有那張椅子，在我的想像之中飯局應該是很簡單的，只是那往往是最困難的一件事。**

爸依然做著最後挽留的說服，媽安靜的聽著爸看著阿杰，佳佳始終在暴風圈之外茫然著，而我，就在阿杰身邊做著各式各樣的努力。當然絕大部分是必須控制我的破壞性念頭。

我愛你。

我必須在這短暫的告別場景之中忽略這樣的三個字。

「好好照顧自己。」

「嗯。」

「阿杰……好好保重……」

嘈雜的空間裡，我卻異常清晰的聽見阿杰的腳步聲，一步、一步、一步……我深深深深的呼吸，在那一瞬間我感覺他停下了腳步，「我下次會再陪妳去海邊。」

那旋動的一百八十度裡，我聽見了阿杰的聲音，也許只是記憶的迴響，又或許阿杰真的出聲了，但那都無須探究了。在沉默之後，腳步聲又迴響在我的腦中，一幕幕送別的畫面在我眼前閃現，然而我不去想任何關於阿杰的身影。想像是太過煎熬的一件事。

……我下次會再陪妳去海邊。

結果我們還是沒有下次。然而，阿杰是不會忘記的，那份未實現的承諾會永遠佔著他心口的某個缺，那麼，他終究會永遠惦記著我；而我的身軀之中，也會存有著對應那空缺的鎖鑰，只要我不打開鎖，就沒有人能夠清除那空缺之中的秘密。

The End

後記

其實《太近的愛情，太遙遠的你》是三年前完成的作品，通常我不會一再回頭閱讀，因此隔了那麼久之後再次觀看總感覺有些陌生而青澀，卻因而能以更客觀的角度審視自己，在字句之間，之中含帶關於自身的意志與心思。當然故事是虛構的，然而不管是小米或是阿杰，都是我心中深處的投影，在追求與逃離之間彼此拉扯，或許在書寫的過程我想說的並不是故事，而是自己。

我從來就不去設想，如果有一天阿杰真的回頭，這樣的話，我就永遠看不見自己了。

這是小米想說但沒有說出來的話。

或許我也只是想藉由她，試圖汲取某些關於自我的片段。

Sophia

All about Love ／ 01

太近的愛情，太遙遠的你

國家圖書館出版品預行編目資料
太近的愛情，太遙遠的你／Sophia 著.
一 初版. 一 臺北市 ： 春天出版國際, 2010. 07
面； 公分. 一（All about Love ；01）
ISBN 978-986-6345-30-2（平裝）
857.7 99010377

ISBN 978-986-6345-30-2
Printed in Taiwan

作　者　Sophia
封面設計　克里斯
內頁編排　數位創造
總編輯　莊宜勳
企劃主編　鍾靈
行　銷　胡弘一

發行人　蘇彥誠
出版者　春天出版國際文化有限公司
地　址　台北市信義路四段458號3樓
電　話　02-7718-0898
傳　真　02-7718-2388
E－mail　frank.spring@msa.hinet.net
網　址　http://www.bookspring.com.tw
部落格　http://blog.pixnet.net/bookspring
郵政帳號　19705538
戶　名　春天出版國際文化有限公司
法律顧問　蕭顯忠律師事務所
出版日期　二〇一〇年七月初版一刷
　　　　　二〇一六年十一月初版三十三刷
定　價　180元

總經銷　楨德圖書事業有限公司
地　址　新北市新店區寶興路45巷6弄6號5樓
電　話　02-8919-3186
傳　真　02-8919-5524

印刷所　鴻霖印刷傳媒股份有限公司